Outros títulos de literatura da Jambô

Dragon Age
O Trono Usurpado

Dungeons & Dragons
A Lenda de Drizzt, Vol. 1 — Pátria
A Lenda de Drizzt, Vol. 2 — Exílio
A Lenda de Drizzt, Vol. 3 — Refúgio
A Lenda de Drizzt, Vol. 7 — Legado
Crônicas, Vol.1 — Dragões do Crepúsculo de Outono

Profecias de Urag
O Caçador de Apóstolos
Deus Máquina

Tormenta
O Inimigo do Mundo
O Crânio e o Corvo
O Terceiro Deus
A Joia da Alma
A Flecha de Fogo
O Levante Élfico
Crônicas da Tormenta, Vol. 1
Crônicas da Tormenta, Vol. 2

Universo Invasão
Espada da Galáxia

Para saber mais sobre nossos títulos,
visite nosso site em www.jamboeditora.com.br.

ENÉIAS TAVARES

JUCA PIRAMA
MARCADO PARA MORRER

Prefácio de
FELIPE REIS

Inclui o poema original
I - Juca Pirama
de GONÇALVES DIAS

JUCA PIRAMA
MARCADO PARA MORRER

Copyright © 2019 Enéias Tavares

CRÉDITOS

Preparação de Texto: Ana Cristina Rodrigues

Capa: Henrique DLD

Projeto Gráfico e Diagramação: Felipe Headley

Revisão: Isadora Dotto Brusius

Editor-Chefe: Guilherme Dei Svaldi

Equipe da Jambô: Álvaro Freitas, André Rotta, Guilherme Dei Svaldi, Guiomar Lemos Soares, J. M. Trevisan, Karen Soarele, Leonel Caldela, Maurício Feijó, Rafael Dei Svaldi, Rogerio Saladino, Freddy Mees e Tiago H. Ribeiro.

Rua Coronel Genuíno, 209 • Porto Alegre, RS
CEP 90010-350 • Tel (51) 3391-0289
contato@jamboeditora.com.br • www.jamboeditora.com.br

Todos os direitos desta edição reservados à Jambô Editora. É proibida a reprodução total ou parcial, por quaisquer meios existentes ou que venham a ser criados, sem autorização prévia, por escrito, da editora.

1ª edição: agosto de 2019 | ISBN: 978858365114-7

Dados Internacionais de Catalogação na Publicação

```
T231j   Tavares, Enéias
           Juca Pirama: marcado para morrer / Enéias Tavares;
        revisão de Ana Cristina Rodrigues; capa de Henrique
        DLD. — Porto Alegre: Jambô, 2019.
           192p.

           1. Literatura brasileira — Ficção. I. Rodrigues, Ana
        Cristina. II. DLD, Henrique. III. Título.

                                          CDU 869.0(81)-311
```

UM JUCA PIRAMA BEM DIFERENTE DO QUE VIMOS NA ESCOLA

Felipe Reis

Terei de confessar aqui, de saída, sem meias verdades, que meu primeiro encontro com Juca Pirama foi um porre.

Não tinha idade, muito menos vontade, para entender o personagem. Além do mais, estudei em um colégio tradicional, com professores que pareciam mais preocupados em fazer você decorar o conteúdo e passar na prova com notas boas do que realmente entender a matéria ou as histórias. Eu queria saber era de jogar futebol no recreio — para isso tinha de esperar alguém acabar o Toddynho ou o DanUp, que se transformavam em nossa pelota, uma vez que a bola verdadeira era proibida na hora do lanche. Bons tempos aqueles. Vocês entendem?

Juca Pirama era bonito, parecia um *rap* feito no século XIX. Mas o que era aquilo comparado à diversão dos meninos jogando e das meninas assistindo? Na verdade, elas não estavam nem aí, mas não importa. Gostávamos de imaginar que sim. E a imaginação era tudo, tanto para transformar caixas de Toddynho em bolas de futebol como para transformar texto em som, luz e... ação!

E foi aí que eu conheci Enéias Tavares.

Ele mora no Rio Grande do Sul e eu, na Terra da Garoa. Mas, logo nos primeiros minutos de contato, uma empatia imperou, uma fagulha de interesse similar, a mesma paixão com que eu sempre tratei o audiovisual, ele direcionava para a literatura. Isso foi em maio de 2017, quando propus uma parceria para desenvolvermos uma *websérie steampunk*. De lá para cá, percebi que temos muito em comum, apesar de jeitos, trejeitos e estilos completamente diferentes. Duas coisas que carregamos em nós é a gana de fazer acontecer e o amor absoluto pelo que se faz, sem garantias, sem medos, sem olhar para trás. Somos duas pessoas que amam, que agem e que tiram as coisas do papel.

Bom, no caso dele, ele as coloca no papel e eu as tiro!

Exemplifica isso **A Todo Vapor!**, o carro-chefe da parceria entre a minha produtora, a Cine Kings, e a série literária dele, *Brasiliana Steampunk*. O que inicialmente seria uma websérie curta tornou-se uma série de oito episódios e um projeto de longa-metragem. Ao começar a produção da série, fiz meu dever de casa e reli o poema de Gonçalves Dias. Para minha surpresa, a impressão foi outra. Que riqueza, que tristeza, que força! A história do guerreiro tupi condenado à morte possui uma magia absurda. Com a maturidade que tenho hoje, ler esse poema é um ensinamento, e poder representar essa nova versão de Juca Pirama, ainda que apenas espelhado no original, me traz grande satisfação.

O Juca que construímos não tem medo de nada. Ele já passou por muitas coisas na vida, desde ser abandonado pela família quando ainda era uma criança até estudar em uma escola de saberes arcanos, que foi fechada de maneira brutal e repentina. Com isso, foi criado na rua, onde aprendeu a ser esperto e a não aguentar desaforo. Por outro lado, aprendeu com seu mestre a importância e o poder da leitura, da concentração, da determinação. Meu Juca vive uma vida sem regras, sem trilho, sem rumo. Age como um lobo solitário. É um herói feliz e triste, como todo herói brasileiro.

Nosso país é rico em histórias, em personagens, mas eu sempre me perguntei: onde estão nossos heróis? Quem são eles? Como se parecem? Como se vestem? A situação no Brasil não está fácil. Bandidagem, corrupção, violência... e parece que nossos filmes e séries apenas tratam disso, o que é importante também. Mas precisamos ir além desses temas, precisamos fantasiar um pouco. Fugir da realidade para salvá-la.

Parece ingênuo? Juca Pirama é um ingênuo. Todos os heróis são. E talvez seja isso que os faça tão diferentes dos vilões. Agora, na iminência da estreia de nossa série audiovisual, outras oportunidades começam a surgir, entre elas as "ações transmídia" nas quais Enéias adora investir. E uma delas só poderia ser literária!

Fui o primeiro leitor de *Juca Pirama: Marcado para Morrer*. Quando recebi o texto para dar sugestões e pitacos, Enéias apenas me disse uma coisa: "Tudo o que não funcionar como filme deve sair". Para minha alegria e surpresa, nada saiu. Comecei a ler, e quando percebi, já estava na metade, imerso na São Paulo antiga criada pelo cara, sofrendo junto com o Juca, com Cassandra, com Cecília e com os outros personagens do romance.

Ler esse livro foi uma experiência marcante. Parecia de fato que eu estava ali. Cada fala, cada soco, cada mágoa ressoavam em minha mente como lembranças de algo que eu vivi. Tanto que, na mesma noite, sonhei com a história e já deixo registrado aqui: não vejo a hora de tirar também essa história do papel.

Delírio? Ingenuidade? Ou sonho? Magia é sonho e este é um livro sobre ambos.

Sejam bem-vindos e aproveitem a estadia. Os livros de Enéias Tavares trazem o bilhete de embarque para viagens inacreditáveis, por cenários improváveis, nas companhias mais surreais. Quando você menos percebe, está dentro da história, mergulhado na trama, bem longe da vida e do mundo. São livros assim que me fisgam!

No final de *Marcado para Morrer*, se você sobreviver à trama macabra que se desenrola nas próximas páginas, encontrará o poema de Gonçalves Dias. Se este volume — romance, poema e série — tivesse caído na minha mão no ensino médio, acho que minha experiência com Juca Pirama teria sido bem diferente.

Espero que ela seja para vocês!

I

No meio dos arcos de muitos produtos,
Cercados de sacas, cobertos de custos,
Alteiam-se os gritos da servil nação,
São homens, mulheres, crianças e fortes,
Fracos na guerra e amigos do esporte,
Que olham a briga querendo explosão!

São rudes, sinceros, famintos de pão,
Que gritam injúrias de baixo calão!
São paulistas de almas contentes,
Infantes que avivam o brio do cantor,
Arfando seu nome a todas as gentes,
Num mar de prodígios de glória e terror!

São Paulo dos Bravos Bandeirantes, 1907

VAI LÁ, JUCA PIRAMA! ACABA COM ELES!
Juca levou o primeiro soco e deixou passar. Quanto ao segundo, ainda tentou ignorar. Tinha uma reputação a manter e esta não tinha preço.
Na vida, você é o que é! Coragem não se compra ou negocia.
Foi no terceiro golpe que saiu do sério, quando sentiu no céu da boca o amargor do sangue, que começou a correr do canto direito dos lábios.
Quanto aos pequenos carregadores do Mercado Velho, olhavam ansiosos para ver se o seu defensor iria aguentar as pauladas a mando do Tonico Porcaria, o nanico criminoso que explorava os comerciantes à beira do rio. Entre os abusados pelo sujeito e sua trupe de bufões, estavam os meninos e meninas que viviam nas ruas e aceitavam qualquer tarefa por uns vinténs, desde carregar sacas de café até pendurar peixes para secar. Eram todos crias do Tamanduateí, percorrendo quilômetros e levando nas costas as compras feitas pelos serviçais.
A nova ideia do Tonico era cobrar dos infantes uma tarifa pela sua *proteção*. Sem opção, pagaram por semanas, pois preferiam a fome e o frio a serem esfolados pelos grandalhões responsáveis pela segurança do anão e pela dessegurança dos demais.

Isso até Juca se mudar para as redondezas, onde dava uma de trabalhador braçal, servidor articulado, empregado de ocasião — em resumo, um simpático pau para toda obra que alegrava os comerciantes com sua gaita de boca e as damas com seu sorriso.

Ninguém sabia de onde viera aquele sujeito e dos duros reveses que o fizeram voltar a São Paulo dos Bravos Bandeirantes. Alguns diziam que ele ficara preso por meses. Outros, que era um fugitivo de Curitiba dos Medonhos Pinhais. Obviamente, seu passado não importava para aquelas crianças e nem deveria importar para nós, curiosos como somos.

Droga!

E não importava para Juca, que estava prestes a passar imensa vergonha enquanto apanhava dos fedorentos do Porcaria.

Mais um soco desses e minha cara vai ficar estragada por dias.

Foi quando sua habilidade em desviar de golpes mal planejados se mostrou mais que bem-vinda. O famoso "esfarrapado da gaita" parou o quarto soco com o braço esquerdo e nocauteou o oponente com um certeiro de direita que impressionaria os lutadores das rinhas de homens da distante Entre Lagoas.

O homem de Tonico tombou sobre o calçamento irregular da via, com os arcos pétreos do Mercado Velho emoldurando a cena enquanto o rio corria ao lado. Agora, carroças e carruagens estacionavam, com seus tripulantes humanos e robóticos interessados na baixaria. Um veículo chamava a atenção por ser um moderno carro de passageiros VolksFuligem, recém-lançado na Alemanha. A portinhola abriu-se e um cavalheiro atarracado ficou olhando o embate com interesse, enquanto o motorista robótico esperava por novas ordens e esfriava sua caldeira.

— É um Juca mesmo! — Disse o líder criminoso, no meio do bando. — O que estão esperando, homens? Para cima do marmanjo. Bora ensinar a esse mestiço que na província de São Paulo ninguém se mete com o nanico Tonico!

Juca tinha altura mediana e roupas esfarrapadas de carregador contratado. A única exceção era a cartola alta, destoante do desleixo da sua indumentária, não apenas pela qualidade da peça, como também pela fita escura que a circundava e um fino patuá. Aquele chapéu era seu companheiro há anos e o mesmo poderia se dizer do instrumento musical guardado em seu bolso, sempre à mão para qualquer canção ou gracejo.

Não podemos tampouco esquecer seus afiados punhais, facas e canivetes. Espalhadas em vários pontos do corpo, as armas faziam sua proteção. Havia, por exemplo, uma lâmina indiana presa atrás do cinturão que firmava suas calças, uma adaga argentina escondida na envergadura das botinas e, ainda, outro punhal escondido no antebraço direito, por baixo do casaco surrado. Logicamente, em uma situação como aquela, ele não precisaria usá-las.

Lembre-se: na vida, é preciso ter sempre canção na gaita, faca na bota e riso nos lábios.

E ele lembrava, dando aos três oponentes que vinham em sua direção um sorriso de desdém esboçado nos lábios ensanguentados. Para as crianças protegidas por ele, lançou uma piscadela brincalhona, de quem tem tudo sob controle.

O primeiro oponente tombou rápido, com outro gancho bem posicionado no maxilar encardido.

Os outros dois darão mais trabalho.

Antes que pudesse reunir novas forças, um deles imobilizou Juca por trás enquanto o outro o socava no estômago, fazendo-o cuspir mais sangue. O sorriso não ia embora, nem o olhar perverso de quem pode até apanhar, mas nunca deixar de se divertir.

Com a nuca, ele estourou o nariz do capanga que o prendia, libertando-se e fazendo o homem tontear. Isso feito, Juca terminou o serviço quebrando o queixo do sujeito com seu joelho, enquanto segurava com força os cabelos ensebados do mequetrefe.

O último oponente, que há minutos o socava todo cheio de si, recuou e fugiu, temendo o mesmo destino do gigante combalido.

Já Tonico, agora sozinho, olhava para os lados em busca de ajuda. Desta vez, os milicianos da federação, a quem ele comprava com café mineiro, vinho sulista e tabaco paraguaio, não estariam ali para ajudá-lo.

Juca se recompôs, batendo o pó das roupas. Dirigiu-se ao elemento de baixa estatura, que deu dois passos para trás, temendo receber o mesmo destino dos homens que enfrentaram o Pirama. Quanto ao fugitivo, seria estripado naquela noite e jogado no leito

do rio. Com toda a certeza dos céus divinos, ele mesmo daria a ordem. Ou não se chamava Tonico Porcaria!

— Difícil estar *por baixo*, não é mesmo, Seu Tonico? Enfrentar pessoas do seu tamanho é um *grande* desafio! — Disse Juca, não contendo a piada e o olhar superior.

Enquanto isso, as crianças gargalhavam, comemorando entre si a vitória do Juca. Mas era também uma comemoração de alívio, pois caso o valente defensor fracassasse, seria pesado o fardo sobre suas cabeças.

— Eu vou dizer a você uma coisa, seu... — falou Tonico, com o indicador gordo em riste.

— Silêncio, seu porcaria! — disse Juca. — Eu é que vou dizer uma coisa! Nunca mais se aproxime desses meninos ou vai se arrepender. Para um homem como eu, acabar com sua petulância é uma tarefa... nanica! — Todos ao redor, crianças e adultos, caíram na risada.

— E quem você pensa que é para me dar ordens?

— Eu? Sou um homem que nada tem a perder ou ganhar, o que me torna imune aos seus agrados e ameaças. Além disso, sou aquele que, em minutos, irá chutar seu traseiro!

Quando Juca fez essa ameaça, os grupos de pessoas formados para ver o alvoroço silenciaram. Iria o Pirama manter a promessa?

— Você nunca seria de capaz de tal ousadia! — Disse o nanico, vendo sua autoridade diminuir e arrependendo-se por ter confrontado o gaiteiro.

— Quer mesmo ver? — Respondeu Juca, antes de cuspir mais sangue e avançar sobre o sujeito com um olhar endiabrado.

Tonico foi escorraçado do Mercado Velho jurando vingança sanguinária e truculências inomináveis, tudo isso enquanto Juca lhe dava botadas no traseiro, para a diversão do povaréu. Depois do clímax do embate, só restava o fechamento. Teatral como só ele, Pirama não decepcionaria.

Ele se voltou para a plateia e, como um artista de rua, saudou-a com toda a pompa e circunstância, agradecendo os aplausos.

De longe, um vingativo Tonico se ia, ouvindo as palmas e apalpando os fundilhos. Aquilo devia doer, diziam alguns dos trabalhadores do Mercado, antes de voltarem, pouco a pouco, às tarefas do dia. O espetáculo havia findado.

Quando Juca voltou ao grupo de crianças, elas faziam festa. Buscou nos rostos sujos e felizes a energia que ele próprio tentava manter, apesar das quebradas dos becos e das mazelas da vida. Pensou rápido numa graça, enquanto limpava o ferimento do canto da boca com um lenço encardido que trazia no bolso:

— Nunca esqueçam, meus amigos: enquanto a gentalha jura vingança, a gente... dança! — Disse ele, ensaiando passos de samba. A piada era ruim e ele sabia disso, mas cumpria o papel: o de levar um pouco de riso àqueles garotos que tão pouco tinham.

— Juca, Juca, deixa eu dizê uma coisa pra tu — falou Marcelinho Judiaria, o enfunado líder da pequena esquadra infantil. — Se a gente te pagá, tu protege nóis?

O aventureiro pensou por alguns instantes, enquanto via o povaréu se dispersar, continuando suas compras e vendas, planos e metas, grandes ou pequenos, próprios ou alheios. A oferta era tentadora para ambos e, enquanto refletia, tirou do bolso duas folhinhas de hortelã e as mastigou, já sentindo o gosto doce aliviar o amargor na língua.

— Marcelinho, se eu aceitar, dentro de semanas eu serei como o porcaria que acabei de chutar daqui. Não podemos ganhar dinheiro à custa dos outros e vocês não podem pagar por isso. Nunca. Aceitar extorsão uma vez é aceitar sempre. — As crianças ficaram tristes, mas logo depois entenderam o que Juca estava lhes dizendo. O tinhoso sentou num caixote de madeira, cercado pelos meninos, fingindo que não precisava recuperar o fôlego. — Indiferente de eu estar por perto ou não, vocês precisam aprender a nunca, nunca mesmo, aceitarem tal abuso. Entenderam?

Sete meninos e duas meninas agradeceram ao Juca, abraçando-o em seguida. E então se foram, pouco a pouco se espalhando, em busca de trabalho, favores ou esmolas. Juca ficou satisfeito consigo e enraivecido com o mundo, pois adultos sofrerem sua sina era coisa comum. Agora, crianças vivendo num lugar como aquele? Numa cidade como aquela?

Mascando, Juca deixou as memórias da infância visitarem sua mente, lembranças com pais amorosos, orfanatos arcanos e poderes mágicos. Todos perdidos.

Mas antes de adentrar no lamaçal de suas memórias, que ele volta e meia afogava no vinho ou esvaziava na roleta, uma voz masculina o chamou. Juca desviou o olhar das botas de couro surradas para o terno alinhado do senhor que se aproximava.

Um *almofadinha de escritório*, pensou. *Deus me livre de um dia me vestir assim!*

— Bom dia, meu caro senhor — disse o homem, retirando de seu casaco um estojo metálico de cigarrilhas. Acendendo uma, o cavalheiro dos cabelos ralos e da barba farta continuou. — Muito impressionante a forma como o senhor lidou com esse assunto... desagradável.

Juca avaliou o conta-moedas com olhar indiferente e apenas deu de ombros, olhando para os lados.

— Aceitaria uma oferta de emprego ou eu o interrompo em alguma atividade de extrema importância? — Depois da primeira gentileza recusada, o escriturário agora levantava para ele o queixo altivo.

— *Meu caro senhor*, trabalho é sempre bem-vindo. Mas não sei se sou o profissional adequado para o que procura.

— Ah, o senhor é mais do que adequado — disse o homem, jogando a fumaça do cigarro para os céus da capital paulistana. — Na verdade, se eu não estiver enganado, acho que o senhor será perfeito.

Juca analisou-o e então assentiu, sobretudo porque, além de machucado, estava faminto. Ademais, nada viria de trabalho naquele dia ou no seguinte. A crise que assolava o país havia chegado à sua cidade mais rica. Ele ficou em pé e estendeu a mão encardida ao homem.

— Pode me chamar Juca Pirama, esse é meu nome, e eu aceito a sua proposta — disse ele, apertando forte a mão do sujeito. Depois de soltá-la, o conta-vinténs olhou para ela e a limpou na calça.

— Excelente decisão, Sr. Pirama. Posso apanhá-lo aqui amanhã, neste mesmo horário? Iremos até a propriedade dos Gouvêa e lá o senhor será informado do seu... contrato.

Juca lançou o olhar para pilhas de sacas de café que margeavam boa parte da lateral do Mercado. Nelas, estava inscrito o nome da família que acabara de ouvir.

— O senhor fala dos donos do Café Gouvêa? — Seu olhar brilhou, notando na proposta uma lucrativa oportunidade.

— Precisamente, Sr. Pirama. Por isso aconselho o senhor a estar apresentável e devidamente... aprumado — disse ele, fitando Juca dos pés à cabeça. O sujeito tinha o costume irritante de pausar antes da última palavra e isso tirava Juca do sério. Ele, então, decidiu avançar, pois na vida e no amor era assim: *tudo ou nada*!

— Qual o seu nome, senhor?

— José Antônio Josefredo Pereira de Souza e Silva. Seu criado.

Juca não aguentou e soltou uma gargalhada, para a irritação do interlocutor.

— Desculpe, Seu Silva, mas é que ninguém nunca disse que era meu criado. Muito prazer. Mas o que queria mesmo lhe dizer é o seguinte: para estar assim, emperiquitado, como o senhor me pede, preciso de um trocado, de uma grana, de um vintém, de um faz-me rir, de uma carta de crédito ou de um pura espécie mesmo. Em resumo, necessito de um adiantamento, sabe? De um investimento inicial, como prova de sua boa-fé. Falo de um pequeno suporte financeiro que sele nosso pacto. E eu espero que o senhor esteja de... — agora ele fazia piada com o jeito de falar do outro — acordo.

O escrivão retirou de seu casaco duas notas de vinte réis e entregou-as a Juca, que as fitou perplexo, não acreditando que sua jogada tinha surtido tão opulento resultado.

— Isso deve bastar, não? Tente vestir fraque e gravata, por favor.

— Pode deixar, Seu Silva — disse Juca, com o sorriso malandro e certo de que estaria para nascer o dia em que seria visto em tal vestimenta.

O cavalheiro respirou fundo, duvidoso se iria ou não se arrepender daquilo. Silva retirou do bolso um relógio prateado e então falou:

— Amanhã, senhor Pirama, nos encontraremos aqui, precisamente às dezesseis horas.

— Marcado. Quatro Horas. Em ponto — respondeu, guardando as notas de réis no bolso traseiro da calça puída, antes que o vento ou a vida as levassem.

Dando as costas ao homem e à sua carruagem, Juca deixou o mercado de imediato. Tinha roupas a comprar, banquetes a devorar e vinhos a bebericar.

Não necessariamente nessa ordem.

Pareço até gente importante, pensou ele, antes do primeiro solavanco.

A carruagem chacoalhava enquanto Juca avaliava uma assombrosa São Paulo que quadriplicara sua população em menos de duas décadas, chegando a inacreditáveis trezentas mil almas. Ele tomara um carro normal, puxado por cavalos mesmo, pois pagar por uma carruagem robótica seria uma extravagância. *Além disso*, calculava na ideia, *o que poupo no transporte, invisto no carteado.*

Nas ruas da grande cidade, modernidades dividiam espaço com velhas dicotomias. Brancos, negros, indígenas, orientais e mestiços davam à cena da megalópole uma inegável variedade de cores, tamanhos e sotaques. Essa população havia recebido nos últimos tempos uma nova categoria, advinda da Segunda Revolução Tecnostática: autômatos robóticos. As latarias fumacentas se multiplicavam nas ruas, tomando os lugares e as tarefas dos antigos escravos. Estes odiavam as máquinas, uma vez que, para muitos de seus pais, tal troca significara fome, febre e despejo.

Indo em direção ao centro triangular da capital, formado pelo entrecruzamento de três importantes ruas — 15 de Dezembro, São Bastião e Esquerda —, Juca observava a balbúrdia das gentes, que iam, vinham e passavam, a carregar nos braços sacolas de compras e no rosto, falsos sorrisos.

Naqueles dias, a São Paulo dos Bravos Bandeirantes já começava a ser chamada de São Paulo dos Transeuntes Apressados, uma vez que filas indianas concentradas viravam regra. Na terra, carruagens e carroças. Nos céus, balões e zepelins. Tudo contribuía para a fumaceira que pairava sobre a cidade. Não que se pudesse ver muita coisa das alturas, pois a quantidade de arranha-céus de cinco e seis andares atrapalhava a visão.

Para tal população, o mito da Torre de Babel se tornava uma realidade. A diversidade das línguas, por exemplo, já tinha chegado à capital e bastava pegar um bonde para escutar italiano, inglês, francês, japonês, russo e polonês. Às vezes, um pouco de tupi-guarani. Mas índios eram raros, pois a lei que proibia negros e nativos de usarem o transporte público ainda vigorava, apesar de três projetos já terem tentado implodi-la. Juca, ele próprio filho de um homem branco e de uma indígena, vivia na pele o desprezo que diferentes matizes de raça produziam sobre uma população preconceituosa e virulenta.

Ao alcançar a Rua das Prometidas, Juca pulou da carruagem e jogou dois vinténs ao carroceiro, que agradeceu e seguiu viagem. Na rua, ele tomou a calçada entre respeitáveis famílias que lá iam acertar detalhes de futuros casamentos. Juca chamava a atenção pelas roupas desgastadas, mas também pela figura confiante e pelo sorriso que encantava filhas e ofendia matriarcas. Enquanto desfilava, indo tranquilamente ao estabelecimento que era seu destino, cantarolava uma velha marchinha de carnaval:

> *Ao bailar feliz na Rua da Esquerda, a vi,*
> *Mirando vitrines cheias de cores, te quis,*
> *Mas quando eu tentei me chegar a ti,*
> *O tempo se foi, no vai e vem te perdi.*

Ao ouvir a cantiga, uma jovem emburrada olhou para o cantor com interesse. Nos seus vinte anos, a noiva já quase passada da idade devia ter sido negociada pelo pai por alguns contos e duas parelhas de gado. Após devolver à moça o olhar, Juca aproximou-se dela, sem perceber que a seu lado estavam duas velhas senhoras. Deviam ser sua mãe, uma severa carola cachola, e sua ama, *uma típica dona de escola.*

— Bom dia, caras senhoras — disse ele, tocando a ponta de seu chapéu.

A jovem noiva lhe deu um sorriso enquanto as duas velhotas lhe metralharam olhares de condenação. Rapidamente, puxaram

a moça para uma das lojas, afastando-a do pilantra. Juca ficou sozinho na rua, com a lembrança de que existência semelhante era a regra para boa parte das mulheres de sua cidade. E aquele era seu fado: ser observado, julgado e etiquetado antes mesmo de travar qualquer aproximação. Estava na hora de resolver o assunto de uma vez por todas.

Entrou na Roupas Malheiros com passo decidido. Há alguns meses, carregara tecidos e outros caixotes para o dono do lugar, tendo recebido pouco mais de três vinténs por dois dias de trabalho, além do distrato do respeitável varão, que deixara clara a impossibilidade de ele um dia vestir suas finas roupas. Na época, Juca riu da agressão verbal descabida, uma vez que nunca tivera tal intenção.

Mesmo assim, aquilo o ofendeu e ele ficara ruminando por dias o quanto suas chances no mundo seriam quase nulas se não estivesse minimamente apresentável, sobretudo em contextos como aquele. Agora que recebera do Silva a ordem de estar bem vestido, Juca sabia onde iria investir seus nada suados réis. Além disso, comprando ali, ele teria a chance de uma pequena vingança pessoal.

Ao chegar ao lugar, foi recebido com preocupação por um dos vendedores, que indicou a entrada dos serviçais na lateral, temendo que algum cliente ficasse chocado pela presença nada ilustre e muito menos cheirosa.

— Não sou um serviçal, sou cliente — respondeu, tirando do bolso as polpudas e amassadas notas de dinheiro. — E mais, um cliente que exige ser atendido pelo dono desta requintada casa! Onde está o Sr. Malheiros?

Quando o rechonchudo dono chegou, teve de engolir o sapo, não escondendo que seu interesse estava muito mais nos réis do que em fiapos antigos de qualquer orgulho.

Juca aproveitou cada instante da diversão: ver seu antigo empregador de joelhos tirando suas medidas não tinha preço nem desconto.

— Quero roupas bonitas e escuras, como homens de classe costumam usar — ordenou o cliente abusado. — Mas nada de gravatas, que não sou desses. Antes, quero roupas possíveis de usar em respeitáveis ambientes de trabalho durante o dia e em pouco recomendáveis casas noturnas, se é que o senhor me entende!

— Por certo, Senhor Pirama — concordava o puxa-saco —, por certo.

Depois de decidirem pelo básico — calças, camisa, colete e botinas —, Juca deixou claro seu desejo de sair dali já as vestindo, para surpresa do seu atendente.

— Quanto às velhas roupas, Sr. Malheiros, jogue-as no lixo! Agora sou todo novo, exceto pela cartola, que dela não me posso separar. Presente antigo.

Malheiros assustou-se com a frase, olhando ora para o jovem, ora para as roupas novas. Por fim, após suspirar, confessou:

— O senhor as vestirá assim? Sem um banho?

— O senhor está me chamando de fedorento? — Malheiros emudeceu, temendo perder o cliente e, com ele, seu pagamento. Juca, diante do silêncio do vendedor, levantou o braço direito e aproximou seu nariz da axila, fazendo o mesmo com o esquerdo. Depois de fazer careta, piscou ao vendedor. — O senhor tem razão. A coisa não está das melhores por aqui. — Riu ao dizer isso, fazendo o próprio Malheiros também sorrir.

— Um pedido, senhor, já que trouxe esse assunto. Vocês não teriam por cá uma casa de banho para que eu pudesse me enxaguar? Obviamente, eu poderia adicionar algo ao pagamento final por esse pequeno serviço.

Prontamente, já calculando em seus miolos a porcentagem de lucro, Malheiros indicou a Juca um pequeno cômodo nos fundos do estabelecimento.

— Tome o tempo que precisar, Sr. Pirama. Há toalhas macias, sabões franceses e também água de colônia, além de especiarias orientais, pois nossos cavalheiros merecem!

No pequeno aposento revestido de azulejos, uma fina banheira aguardava, bem como sabonetes e umas pedrinhas perfumadas. Enquanto enchia a banheira, Juca jogou as roupas usadas num canto, deixando facas e cartola sobre uma banqueta ao lado da pia. Nu, olhou seu corpo no espelho dourado do banheiro. No reflexo, um jovem de vinte e poucos anos, compleição forte e olhar firme encarava-o. No território de sua pele morena, novas tatuagens tribais disputavam espaço com velhas cicatrizes.

E o que diabos seriam essas tais especiarias?

Deixou-se esquecer por mais de uma hora na água quente, não acostumado com aqueles luxos. Seus banhos quando muito eram tomados embaixo de pinguelas, nas margens de córregos ou então com esfregões e baldes. Quando a água esfriou e seus dedos começaram a enrugar, deixou a banheira e vestiu as ceroulas, a calça e a camisa. Depois disso, posicionou as lâminas nos lugares costumeiros, deixando apenas uma à mostra.

Juca deixou o banheiro impecável, com o cabelo ainda úmido e um pouco bagunçado. Algo diferente e novo começava a frutificar nele, numa atraente mistura entre o traje formal e o desalinhado insurgente de sua personalidade.

Malheiros olhou para a faca presa por duas alças no antebraço e engoliu em seco.

— E olha que você nem viu as outras — arrematou o Pirama ao vendedor.

— Vamos agora ao toque final, senhor Pirama: O casaco! Por favor, vista sua cartola para vermos qual deles combina mais com ela. Mas já adianto que não será tarefa fácil.

Na frente de um grande espelho, Juca se viu experimentando ternos, paletós, jaquetas, casacos e casacões dos mais variados estilos, tecidos e cores, mas nada tinha a ver com ele, pois eram ou trajes muito formais ou excessivamente requintados.

— Quem sabe algo mais rústico?

— Como assim? — perguntou Juca.

— Recebemos uma nova leva de roupas dos americanos do norte. São roupas do Velho Oeste, feitas de couro resistente e macio, porém com um corte... inesperado.

Ao vestir o casaco indicado e colocar sua cartola, Juca Pirama surgiu como uma figura atraente e sombria, talvez um pouco inadequada às atmosferas brasileiras. Por outra via, era uma indumentária perfeita para tardes tempestuosas. Algo dentro de Juca previa muitas delas pela frente.

Tratava-se de uma sobrecasaca branca e preta, feita de couro de bezerro. O corte lembrava roupas sociais tradicionais e se adequava perfeitamente à compleição esguia e forte de Juca, mas, ao mesmo tempo, apontava para algo mais fluido, mais provocante, mais...

— Inesperado! Gostei da palavra, gostei da casaca. Vou levar, Senhor Malheiros!

Ao deixar a casa de roupas, Juca estufou o peito e seguiu pela rua, não mais recebendo ou não mais se importando com olhares alheios. Ao contrário. Suas roupas causavam agora sensação de outra natureza. Aquela deveria ser a sensação que os novos ricos experimentavam.

Ou quem só comprava uma roupa bonita para chamar a atenção. *E qual é o problema em chamar a atenção? O problema deveria ser o contrário!*

Juca degustava um sentimento delicioso e, ao mesmo tempo, amargo. Na batalha da vida diária, já havia caído prisioneiro nas mãos de ricaços, comerciantes e moralistas, mas ali, na extensão da rua e do vozerio das pessoas, ninguém mais lhe condenava as cores. Ao contrário, agora até as matronas lhe davam olhares.

Mais tarde, com a noite já avançada, Juca gastou a outra nota de réis jogando e perdendo, para depois voltar a ganhar. Quanto ao lucro, esvaziou-o com quatro garrafas de vinho de boa safra, para si e para os companheiros de mesa. Depois disso, seguiu para um quarto alugado, pois o amanhã traria consigo novidades e compromissos.

Fez apenas um pedido: um quarto com uma cama macia e uma lareira, *pois desejo o fogo iluminando a cela, esquentando o corpo, atiçando a mente*. Há muitos anos, numa taba perdida no meio da mata selvagem, ele próprio encontrou no fogo algumas respostas. Agora, no meio dessa outra aldeia, feita de pedras, ferros e engrenagens, outra questão o rodeava, outro perigo o cerceava: quem seria ele a partir do próximo dia?

Na tarde seguinte e no horário acordado, lá estava Juca, todo orgulhoso. O pouco que sobrara dos réis do dia anterior ele dera aos meninos do mercado, que fizeram grande algazarra ao verem-no chique como estava.

— Casou com dondoca para está assim embecado? — Perguntou Judiaria.

— Sim, com uma dona carioca — respondeu ele, rindo e dando um abraço no menino. — Que nada, moleque. Estou é indo trabalhar.

— No quê?

Nem Juca saberia responder àquela inquirição.

José Antônio Josefredo Pereira de Souza e Silva chegou no horário, pulando da mesma VolksFuligem que usara no dia anterior. Agora ela recebia a atenção festeira das crianças.

— Robô, robô... quem é seu senhô?

— Minha... programação... não registra... resposta a... essa terminologia — disse o metálico, fazendo a meninada gargalhar de sua burrice.

— Robô, robô... quem foi que te robô? — continuavam eles, em coro.

Juca se despediu dos meninos e entrou na carroceria fechada.

Não longe dali, um comerciante se aproximou de outro vendeiro e perguntou:

— Quem é?

— Sei lá. Ninguém sabe de verdade. O nome é falso. Vive por aqui, carregando sacas de batata e baldes de peixe, enfrentando valentões e fazendo a alegria da molecada.

Da janela da carruagem, Juca, orgulhoso, deu a eles seu perfil.

— Podemos ir, robótico — disse o contratante.

— Sim... senhor... para... qual... destino?

— Planaltos Elísios via Limpesópolis.

O homem não estava brincando quando disse que se tratava de uma tarefa bem remunerada.

Quando a carruagem começou a andar, com as engrenagens sendo acionadas e a fumaceira robótica vomitada aos céus, Juca não segurou sua curiosidade.

— Ah, Seu Silva... esse trabalho envolve o que mesmo?

— Nada que deva ser um desafio para o senhor — disse o homem, desviando o olhar de Juca para a paisagem externa. — Apenas um estranho desaparecimento e a triste condição de duas jovens irmãs que precisam de assistência... profissional.

Juca riu da sequência de informações e então assentiu.

Algo em suas entranhas dizia que seria pura sorte ou então azar macabro. As nuvens sombrias que se formavam acima da Terra das Tempestades e o seu coração apertado indicavam a segunda possibilidade.

No seio da pétrea máquina, queimava a lenha da vasta fogueira, fazendo ferro e rodas se movimentarem em ligeira direção.

A carruagem, adornada de madeira e pesados tecidos, partiu, cruzando avenidas e ruas, anunciando na cidade que os tempos modernos chegaram.

Atrás dela, corria, sem cansar, a criançada faceira.

II

O prisioneiro, cuja morte anseiam,
Surpreso e atento ele está,
Dentro do carro, sobre o motor,
Coisa igual nunca terá!

Saído da rua e jogado em seu colo
Um velho jornal recusa o festim!
É sobre sumiço ou algo pior,
Um rico famoso e seu certo fim!

Seus olhos ferinos nunca se cansam,
Atentos às novas eles estão.
Ainda é bem cedo pra medo e cansaço,
Mas algo já pulsa em seu coração!

DIANTE DA VISTA, A MANCHETE TRAZIA TÍTULO E foto, tudo na dramática tipografia jornalística: "Patriarca Gouvêa Desaparece Misteriosamente!".

A notícia detalhava os feitos de Petrônio Gouvêa pela cidade de São Paulo. Fora esse grande produtor de café que batalhara ano após ano em prol da modernização da indústria do estado. Na última década, por exemplo, Gouvêa contratara mais de três mil empregados. Iniciativas como as dele explicavam o imenso fluxo de imigrantes vindos à capital naquele novo século.

A reportagem então avançava em noticiar que o "Lorde do Café" havia sido sequestrado de sua própria casa. Ainda pior: do seu próprio quarto, no meio da madrugada. Viúvo há seis anos, notaram sua ausência apenas na manhã de terça-feira — Juca lia isso numa sexta —, quando seu secretário robótico fora levar café e jornal. O desaparecimento inquietava a polícia, pois além das janelas gradeadas e da porta trancada, não havia sinais de luta ou resistência. Agora, esperavam para breve uma carta de resgate, a revelação de uma fuga ou algo ainda mais mórbido. Até onde averiguaram, o homem não tinha desafetos, exceto a concorrência, e nada indicava que havia partido por si mesmo, uma vez que suas roupas, contas e objetos pessoais jaziam intactos.

Por fim, o texto alertava para o clima de preocupação que transparecia em todos os funcionários da Gouvêa & Associados e também de qualquer envolvido na indústria cafeeira brasileira. Intensificava essa preocupação o fato de Gouvêa não ter herdeiros homens, apenas duas filhas, apresentadas na notícia como Cassandra e Cecília. Como as duas eram solteiras, a questão era quem cuidaria dos bens da família caso o patriarca não fosse encontrado. As apostas eram para a filha mais velha, Cassandra, a mais inteirada da empresa do pai.

— Quem são os principais suspeitos, Seu Silva? — Questionou Juca, dobrando o jornal e jogando-o ao lado, após checar se não havia mais nada de seu interesse.

— Principais suspeitos? Sr. Pirama, não ache que está em um folhetim policial desses vendidos em esquinas. O caso é grave e ainda estamos muito abalados pelo desaparecimento do mestre Gouvêa. Além disso, contratamos o senhor para uma tarefa bem simples, que tem a ver com proteção e não com investigação.

— Isso eu já saquei.

Silva o estudou por alguns segundos e então lhe respondeu:

— Ah, o senhor já sacou? E sacou o que... exatamente?

— Vão me contratar para proteger uma das filhas do Gouvêa, possivelmente a mais velha.

— Continue.

Os dois homens agora se encaravam, tentando ignorar o balanço da carruagem, à medida que se afastavam da zona ribeirinha para os Elísios.

— Do que prevejo pela leitura do pasquim, vocês estão prestes a enfrentar uma briga por poder dentro das empresas Gouvêa. De um lado, os principais acionistas, inseguros com o desaparecimento do "Lorde do Café". Do outro, as duas herdeiras, que desejam proteger o seu patrimônio e a memória do pai. Se o velho Petrônio não retornar, recairá sobre elas a responsabilidade pelos negócios. Mas o fato é: quem levou o pai pode voltar para levar as filhas. É neste ponto que eu entro, não? Pelo visto, o senhor ficou bem impressionado com minha atuação no dia de ontem — concluiu Juca, cheio de orgulho.

— Sim e não — falou Silva, esvaziando o inflado ego do seu interlocutor. — O senhor é obviamente um malandro de rua, um homem pouco educado e nada afeito às cerimônias, normas e hierarquias que fazem da nossa sociedade um lugar civilizado. Apesar de ser alfabetizado e rápido no raciocínio, eu o consideraria um simplista. — Vendo que passara do ponto pelo olhar fulminante de Juca, Silva recuou. — Por outro lado, o senhor sabe se virar quando o assunto é força física e improvisação. Ademais, não tem vínculo com os Gouvêa ou seus oponentes. Foi Dona Gouvêa que me ordenou encontrar alguém com essas características, o que não demorei a fazer...

— Cassandra ou Cecília?

— Senhorita Cassandra. Cecília tem apenas catorze anos e está muito chocada com tudo, além do seu trágico... problema de nervos.

— Problema de nervos? — Perguntou Juca, alarmado pelo uso da expressão, que frequentemente significava tratamentos inumanos administrados em mulheres fragilizadas.

— Sim. Senhorita Cecília sempre foi muito anêmica e... impressionável. Senhor Petrônio, inclusive, suspeitava que o melhor lugar para ela seria um convento.

Antes que Juca pudesse comunicar seu desprezo, a carruagem estacou, fazendo-os sofrer com o solavanco.

— Chegamos... nos... Elísios... Os senhores... descerão... aqui?

— Não, sua besta robótica! — Gritou Silva, enquanto juntava os papéis que haviam caído de sua pasta. — Nosso destino é o de sempre: a propriedade dos Gouvêa.

Uma ilustração entre os papéis do contador chamou a atenção de Juca: a imagem de um velho barbudo que segurava um grande compasso e atrás dele, um terrível círculo de fogo. Silva juntou as folhas rapidamente, enquanto o robótico lhes comunicava:

— Entendido... Senhor!... Residência... dos... Gouvêa.

A carruagem voltou ao seu movimento. Juca, de pernas cruzadas, olhava para Silva, que enxugava o suor da testa com um lenço.

— O senhor está nervoso, Seu Silva.

— Como não estar nervoso? O meu mestre, o meu empregador... está desaparecido e eu ainda tenho de lidar com essas tranqueiras!

Juca riu do paradoxo: criáramos robóticos para nos auxiliar, porém não prevíamos que eles trariam consigo outros problemas.

— E o que os colegas da Confraria Maçônika acham do desaparecimento? Eles devem estar bem nervosos com a possibilidade de uma mulher tomar o controle das Empresas Gouvêa.

— Como o senhor sabe que meu patrão pertence à confraria?
— Questionou Silva, curioso quanto aos reais conhecimentos de alguém que tomara por tolo.

— Ora, Seu Silva, os ricos dessa cidade são todos maçons. Alguns até cogitam que a queda dos monarcas lusitanos tenha sido coisa deles, em um golpe sorrateiro que obrigou rei, rainha e príncipes a deixarem o porto carioca no meio da noite. Dessa vez, não foram os franceses que ficaram a ver navios e sim nós, os súditos da coroa.

— O senhor é um baú de surpresas, Sr. Pirama. Respondendo à sua pergunta: sim, os integrantes da confraria estão preocupados. Alguns mais que outros, devo confessar. Dois deles até já se adiantaram e reapresentaram seu pedido de casamento a Cassandra.

— Então, logo ela estará casada e trancada na casa de um deles.

Silva produziu um sorriso largo, que finalmente expunha dois dentes dourados, fazendo Juca ficar ainda mais curioso sobre as damas Gouvêa.

— Não emitirei comentários sobre minha atual patroa, mas garanto-lhe que as palavras "casada e trancada" não se adequam nem um pouco a... Senhorita Cassandra.

— Se assim for, Seu Silva, será um prazer ser o guarda-costas dessa dama.

— Atenção... passageiros... Atenção... nosso destino está... a... 100... metros.

Ao ouvir o robótico, Juca olhou pela janela dando-se conta de que há muito tinham deixado o corpo urbano da cidade, com suas casas e prédios. Estavam na zona oeste de São Paulo, um território pontuado de suntuosas quintas e chácaras particulares. Se aquela cidade era a capital dos fazendeiros, ali estavam dispostos seus respectivos quartéis-generais.

A propriedade dos Gouvêa era uma monumental casa campestre de apenas um andar, embora se estendesse horizontalmente por dezenas de metros. Na sua fachada, além dos arcos que davam acesso aos pórticos duplos da entrada, Juca contou dez janelões apenas em um dos lados. Era uma construção sóbria e elegante, em estilo neocolonial, que acintosamente comunicava aos visitantes a moradia de uma das famílias mais ricas do país. Ao redor da estrada de pedras que dava acesso à intimidadora quinta, robóticos cortavam a grama e outros, armados, faziam a segurança. Silva, vendo Juca fitá-los, adiantou-se à sua pergunta:

— Desde o desaparecimento, triplicamos nossas defesas. Como pode ver, sua tarefa não será proteger ninguém e, sim, acompanhar a Senhorita Cassandra em seus compromissos... externos.

Os dois homens desceram da carruagem, ignorando o "voltem sempre" do cocheiro metálico, e sem demora adentraram a propriedade. De imediato, Juca reparou na opulência do salão principal, com tapetes, quadros e estofados. Aos seus olhos, era quase uma antessala monárquica. Na verdade, pensava ele, comerciantes como Gouvêa e tantos outros, ao lado de alguns militares e políticos, eram os novos reis do Brasil. Com sua riqueza, podiam comprar e vender tudo o que quisessem.

Quase tudo, repensou Juca.

Enquanto entrava na grande casa, construída com café, sangue e escravos, Juca identificou sua arquitetura em formato de ferradura, deixando em seu interior um vasto pátio interno com árvores, bancos e uma piscina, algo que ele nunca vira. Atrás da propriedade, um arvoredo espesso e sombrio convidava a vista e o corpo a um passeio. Juca desviou do verdor ao ouvir um grito feminino.

— Eu não quero mais esse remédio! Me solta!

Os dois homens se olharam e Silva pôs-se em movimento, com Juca logo atrás. A prudência e a educação ordenavam que esperasse ali, mas o que sabia ele dessas coisas?

Ao chegarem numa sala de teto alto, com uma grande mesa de reuniões, à direita de onde entraram no casarão, avistaram uma adolescente pálida e magra, vestida com um camisolão simples e contida por dois enfermeiros. Diante dela, duas senhoras em trajes domésticos tentavam acalmá-la e, atrás, um terceiro enfermeiro preparava uma injeção.

— Dona Cecília, fique calma. É para o seu bem. A senhorita vai ver!

— Eu não quero ver nada! — Mas antes que ela pudesse continuar, o enfermeiro lhe aplicou o calmante.

Anos de prática cuidando de mulheres e moças, eu aposto!

Enquanto amolecia nos braços dos dois enfermeiros, sua voz continuava, porém perdendo sua própria lógica.

— Eu não... esses remédios... não sou... louca.... meu pai... cadê ele...

Antes de apagar, Cecília lançou o olhar para Juca. Este sentiu-se revoltado consigo por não poder fazer nada pela menina. De qualquer modo, ninguém o impediria de fazer alguns trabalhos noturnos para saber se ela estava sendo tratada corretamente.

O último pedaço de informação que Juca tinha ouvido da paciente foi registrado e guardado num canto específico de sua memória. Ele detestou a cena e estudou os enfermeiros para que, caso precisasse intervir no futuro, pudesse dar conta dos três.

Foi arrebatado de seus planos de espionagem por um barulho forte e intenso, que indicava um caminhar altivo e marcial. Era o som de botas que estouravam no tabuão comprido, intimando todos ao silêncio e anunciando a chegada da atual senhora da casa. Ao virar-se, viu Cassandra Gouvêa, vestindo um traje de montaria, como se fosse uma amazona moderna saída de uma cena de guerra.

— Minha irmã já foi medicada? — Tinha a voz grave de uma Cassandra grega, fazendo Juca imaginá-la gritando pelos corredores de Troia sobre o fim do mundo e das gentes. Em resposta a ela, os enfermeiros assentiram. — Levem-na ao seu quarto e a deixem descansar.

A dona da casa se aproximou de Cecília e gentilmente tocou o rosto da doente.

— Descanse, minha pequena. Logo estará acabado.

Com sua saída, Cassandra voltou-se aos visitantes.

— Já não era sem tempo, Senhor Silva. Este é o homem que lhe pedi?

Juca sentiu-se um vil objeto, como se não passasse de um simples produto ofertado e vendido à dura vontade daquela monarca. Perguntava-se se ela não usaria o mesmo tom de voz para negociar sacas de grãos, robóticos de segunda e servos domésticos. Ele agora entendeu o porquê de as cadeias do casamento e do sexo não se aplicarem a ela.

— Sim, Dona Gouvêa. Senhor Juca Pirama, esta é Senhorita Cassandra.

A mulher devia ter uns vinte e dois, vinte e três anos, apesar de aparentar menos. Tinha uma pele pálida e sem marcas, numa afronta aos cabelos escuros, *negros como a vastidão da noite*, e os lábios vermelhos, *sangrentos e sedentos*. As metáforas vieram à tona relembrando uma parte perdida da juventude de Juca. *Controle-se, seu idiota, você já trilhou esse caminho e o preço foi alto*. Antagonizando a visão do seu rosto, a voz de Cassandra pertencia a um espírito mais velho e experiente. Juca adorou o encontro improvável de tantas dicotomias, apesar de ter detestado o modo superior como ela o fitava. Sentia-se um bicho exposto em praça pública.

— Muito prazer, Dona Cassandra — disse ele, tirando a cartola.

— Encantada, Senhor Pirama. Um nome incomum. Assim como suas roupas.

— Meu pai era um apreciador do poema e minha mãe, uma nativa da tribo Timbira. Quanto às minhas roupas...

— Adorável biografia, Senhor Pirama. Apreciarei saber mais sobre ela em outro momento — atalhou, desta vez olhando para Silva. — O senhor tem certeza de que ele é o homem certo? Perdoe meu pragmatismo, Senhor Pirama, mas, como deve imaginar, uma mulher como eu, na situação em que me encontro, não pode se dar ao luxo de qualquer equívoco.

Juca assentiu, deixando a resposta com o contador.

— Sim, cara senhorita. Juca Pirama é o homem perfeito para o que precisa.

— Muito bem. Teremos tempo para interagir, Senhor Juca. Mas agora preciso tirar essa roupa e me preparar para os compromissos da noite. Silva o levará ao seu quarto. Encontre-me aqui em uma hora para sua primeira tarefa. Onde está sua mala?

— Não tenho mala, madame. Tenho só estas roupas... singulares.

Juca sorriu e Cassandra lhe respondeu do mesmo modo.

— Sr. Silva, depois de indicar-lhe seu quarto, providencie calças, camisas e casacos ao senhor Pirama. Ele tem o mesmo tipo físico do meu pai. Algo deve servir.

Cassandra deu as costas aos dois homens.

— Eu precisarei mesmo usar roupas sociais? — Perguntou, pouco à vontade.

Cassandra interrompeu seu pesado passo e, dando-lhes seu perfil, respondeu:

— No lugar em que iremos, o senhor precisará muito mais do que roupas sociais, Sr. Pirama. Leve sua coragem e suas facas, pois nunca se sabe quando elas serão necessárias.

Juca fitou a mulher até seu passo desaparecer.

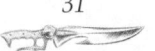

— De qual lugar ela está falando, Seu Silva?

O homem suspirou profundamente e então disse, não escondendo o desalento:

— A Confraria Maçônika, Sr. Pirama. E é claro que nenhum integrante dela convidou a Senhorita Gouvêa a comparecer, muito menos a discursar. Agora o senhor entende para qual tipo de trabalho o estamos contratando?

Em menos de vinte e quatro horas, Juca Pirama passaria do convívio com trabalhadores, larápios e marafonas à presença de políticos, comerciantes e magnatas.

Ele certamente preferia a companhia dos primeiros.

Uma hora mais tarde, Juca e Cassandra chegavam ao destino, descendo da mesma carruagem que havia levado nosso herói até a Quinta dos Gouvêa. Dessa vez, porém, ao invés do nada aprazível contador, Juca estava em melhor companhia.

Já não sentia o mesmo agrado com sua vestimenta. Como ordenado, foram-lhe providenciadas roupas formais, em especial porque o ambiente em que ambos adentrariam não permitia outro tipo de indumentária. E foi assim que Juca se viu alocado em um terno escuro bem alinhado sobre uma camisa branca e gravata. O nó fora dado por Cassandra, uma vez que Juca não fazia ideia de por onde começar. Agora, enquanto ambos encaravam a portentosa fachada da Loja Maçônika Republicana, Juca se viu mais uma vez ajustando a forca.

— Incomoda-o a formalidade dos trajes, Sr. Pirama? — Questionou Cassandra, desviando por um breve instante do desafio à sua frente.

— Pareço estar indo em direção ao patíbulo.

— Palavras bem apropriadas — disse Cassandra, respirando fundo. — Neste momento, também sinto o mesmo.

O templo maçom ficava no límpido Páteo da Escolla, a antiga missão dos Jesuítas Cabalistas em terras tupiniquins e uma das principais unidades daquela seita publicamente aceita. Ao menos, foi isso que Cassandra explicou a Juca durante o percurso. Quando a monarquia caiu, diferentes grupos políticos — todos motivados exclusivamente por interesses financeiros — ameaçaram tomar o poder até se instaurar a República Federativa. Mas o que parecia ser uma bem-vinda solução patriótica se mostrou uma cúpula de crápulas, apesar de sua égide racionalista de Ordem e Progresso.

Os positivistas, desde a crise sulista motivada pelo foragido grupo anarquista Parthenon Místico em 1896, não passavam de poucos integrantes, ainda tentando manter uma relevância mínima sobre questões educacionais, já que sua influência política tornara-se inexistente. O manual escolar "Moralismo e Cívica para Meninos Bem Disciplinados", de Aristarco Argolo, ainda era usado por muitos professores da velha guarda.

Em outra direção, estavam os defensores do Deus Arquiteto, ou, dependendo da tradução, do Demiurgo Legislador. Sob uma bandeira patriarcal, comercial e classista, os Arquitetos Maçônikos defendiam o livre mercado e o auxílio mútuo entre seus integrantes, como um clube fechado e protecionista. Como boa parte de seus integrantes possuía ações e capital investido na Café Gouvêa, a reunião da noite seria dedicada a decidir o futuro da empresa, especialmente com seu fundador desaparecido. Cassandra fora avisada por um de seus integrantes, um velho amigo de seu pai, que não achava justo que a empresa lhe fosse tomada em uma reunião conspiratória. Eis ali a razão do seu nada agradável passeio noturno.

— Ou seja, Sr. Pirama: velhos corruptos e machistas estão agora decidindo o que fazer com a minha herança. O senhor entende a situação em que me encontro?

Juca encarou a mulher e estava prestes a dar sua opinião, quando Cassandra simplesmente tomou a direção das portas duplas do Templo. Guardando suas palavras, Juca faria de tudo para que Cassandra sobrevivesse ao desafio da noite. O que ela pretendia em um covil de ardilosas raposas ainda não estava claro, mas ele logo descobriria.

Sem ninguém se atrevendo a impedi-la, Cassandra voou pelo *hall* maçônico e então, escancarando duas portas altas, invadiu o salão principal da loja, onde mais de quarenta homens estavam reunidos em alto debate. O silêncio absoluto foi seguido de olhares

escandalizados. Juca, acostumado a olhares fulminantes sobre si mesmo, perguntou-se como Cassandra se sentia ante tal posição.

Estou enganado ou algo nela, como em mim, está adorando essa esbórnia?

O salão maçom tinha uma arquitetura retangular tradicional, com pequenos quadros e símbolos alocados em cada uma das paredes. Na outra ponta, havia um pequeno palco sobre o qual se firmava uma tribuna escura. Acima dela, um gigantesco esquadro formado por dois compassos emoldurava o orador. O homem que ocupava a posição mais alta tinha o cabelo um pouco grisalho e um porte varonil. Sem dúvida era um dos mais jovens do recinto, apesar de já ter passado das quarenta estações. Depois de fitar Cassandra, ele desviou seus frios olhos cinzentos para Juca.

Algo gelou a alma do aventureiro ao suspeitar que, entre todos aqueles anciãos flácidos e acomodados em suas posições de privilégio e superioridade, ali pudesse estar um oponente perigoso. Dos olhos afiados do homem, uma ameaça primitiva e selvagem fez seu coração apertar.

Respirando fundo e levantando o queixo orgulhoso, o maçom então falou:

— Isto é uma quebra de protocolo, Senhorita Gouvêa.

— E eu lá tenho respeito por protocolos, Senhor Medeiros? Além disso, estou aqui representando meu pai — disse ela, fazendo sua voz retumbar no grande salão.

— Mulheres não têm permissão de entrar neste lugar sagrado — replicou o homem.

— Eu informarei aos senhores o que é sagrado — e enquanto dizia isso, Cassandra tomou o longo corredor que levava ao palco, deixando Juca para trás. — Sagrado é o amor de um pai por sua filha. A confiança que um pai deposita em sua filha. A herança que um pai deixa para sua filha. Isso é sagrado. O que vocês estão fazendo é o oposto disso. — Ela estava quase no palco e cada passo firme era uma palavra e um olhar lançados a diferentes anciãos que habitavam aquele lugar. — O que os senhores estão fazendo é macular a memória de um homem que nem mesmo sabemos se está morto!

— Em resposta, os velhos maçons lhe comunicaram seu desprezo.

Cassandra estava prestes a subir no pequeno palco quando foi interrompida por Medeiros, que se colocou entre ela e seu objetivo.

— Seu sexo não é permitido neste púlpito sagrado!

Cassandra avançou sobre ele e Juca foi atrás, sabendo que iria intervir caso Medeiros ousasse tocar na mulher. Este, percebendo a iminência do conflito, recuou, menos por medo e mais por receio do resultado do embate.

— Os senhores acham mesmo que podem tomar a direção da Cafeeira Gouvêa? — Questionou Cassandra, agora gritando do palco. — Pois eu digo a vocês que suas tratativas pérfidas e traiçoeiras serão em vão. — Cassandra fez uma pequena pausa, tomando ar para o que diria na sequência. — Neste momento, meus advogados estão entregando em suas residências o valor que cada um dos senhores tem em ações da Gouvêa & Associados. De posse dele, considerem-se pagos e nossos negócios findados.

Enquanto ela clamava, alguns homens se levantaram e deixaram o templo, temendo o que encontrariam em suas casas. Outros levantaram sua voz, produzindo impropérios. Com aquela artimanha, Cassandra atacava o único ponto que muitos daqueles comerciantes, banqueiros e políticos compreendiam e temiam.

— Senhorita Gouvêa, este não é o momento nem o local para tais assuntos — disse Medeiros, que permanecia estático, ao lado da tribuna e da sua oradora.

— Este é o tempo, Senhor Medeiros. Este é o local, senhores. Nesta noite, vocês saberão que o sangue Gouvêa continua forte, indiferente do destino de meu pai. Neste lugar, vocês e seu demiurgo arquiteto, seu Urizen acorrentado — Juca não reconheceu o nome, mas o registrou para futura pesquisa —, saberão que seu poder sobre nossa família acabou!

— Será mesmo, Senhorita Gouvêa? — perguntou Medeiros, silenciando o salão e a própria Cassandra.

O que aquele homem poderia ter contra ela?, perguntou-se Juca, permanecendo parado na boca do pequeno palco, entre Cassandra e seus ouvintes. Seus ouvidos estavam atentos ao que Medeiros estava prestes a dizer:

— Ou será que reveladoras *photographias* suas, em imorais práticas noturnas na companhia de muitos dos senhores aqui presentes, ganharão os jornais amanhã ou depois?

Juca entendeu num instante diversas coisas sobre o que estava testemunhando, tanto sobre a perversão de tais respeitáveis cidadãos como também sobre sua contratante. Esta jazia agora silenciada, perplexa com o golpe baixo do seu oponente. Era triste ver uma mulher como ela combalida.

Mas Juca não conhecia Cassandra Gouvêa.

Depois de alguns segundos de silêncio, Cassandra escarrou e cuspiu no rosto de Medeiros. Todos testemunharam a cena sem nada dizer, ainda mais perplexos ao verem no rosto do injuriado um surpreendente sorriso de perversidade.

Enquanto ele retirava do seu casaco um lenço, Cassandra voltava à sua fúria anterior.

— Eu esperava algo minimamente torpe do senhor, mas não algo tão baixo. *Photos*? — Agora era ela que sorria. — De mim? Enquanto obedecia às ordens do meu pai e seduzia alguns desses respeitáveis pais de família para obter deles concordatas, vetos e investimentos? Poupe-me, Senhor Medeiros. Estamos no século vinte e hoje uma mulher faz com seu sexo o que bem lhe aprouver. Se este era seu trunfo, siga em frente.

Medeiros agora desfazia seu sorriso, limpando o opróbrio que escorria de sua face.

Que ímpeto era aquele? Capaz de atear fogo naquela sórdida confraria?

Ao olhar para os lados da plateia, Juca flagrou os homens, antes enfáticos e furiosos, agora quietos como gatinhos, mirando uns aos outros, alguns com olhares de escândalo, outros com vítreas expressões de pavor e preocupação, não sabendo de quem ela estava falando ou então tentando inquirir dos demais se eles próprios haviam sido descobertos em seus segredos.

Notando a confusão e ainda não satisfeita, Cassandra arrematou:

— Abra a latrina, Sr. Medeiros, e exponha o mau cheiro dos seus valorosos irmãos. Eu mesma adorarei especificar aos pasquins cada um desses pictogramas, com detalhes que o fotógrafo certamente não registrou. E alguns desses detalhes, garanto, são bem pequenos. Quase invisíveis!

Findando com essas palavras e com um sorriso ignominioso, o tipo de riso discreto e demoníaco que o próprio Juca adorava produzir em diferentes contextos, Cassandra Gouvêa deixou o pífio teatro daqueles míseros homens.

Juca foi logo atrás, cobrindo suas costas, pois temia qualquer agressão. E de fato foi o que aconteceu, com alguns mais exaltados tentando se aproximar da mulher, lançando impropérios contra ela enquanto Juca ia empurrando e soqueando um após outro.

Era um prazer sentir-se útil, enquanto chutava e ombreava os pedestres geriátricos que queriam impedir a passagem da jovem ou então atacá-la.

— Cassandra!

O grito veio de Medeiros, quando ela já estava quase deixando o auditório, com Juca logo atrás, como barreira humana. A jovem Gouvêa parou e olhou para o homem que jazia imperioso no palco, ainda segurando o seu lenço.

— Que bom que a senhorita encontrou um animal apropriado. Torçamos para ele ser o bastante! Torçamos para que este lobo possa garantir a sua proteção!

— Ele garantirá, Medeiros! Ademais, atrás do lobo, há uma pantera!

Com isso, ambos deixaram o templo, desaparecendo na carruagem mecânica com urgência e excitação.

— Aonde... devo... levá-los? — Perguntou a geringonça. — Há... vários... lugares interessantes.... no centro... da capital... paulistana....

— Para casa, robótico! — Ordenou a mulher.

No instante seguinte, o motor foi acionado, a caldeira explodiu e a carruagem se colocou em movimento, com Juca e Cassandra ainda recuperando o fôlego.

Quarteirões depois, agora que sentiam seus corpos se acalmarem e os corações diminuírem seu ritmo, os dois gargalharam. Apesar dos abismos sociais que os afastavam, era nítido que ambos tinham o mesmo desprezo pelos homens que haviam enfrentado. Juca, que tinha embarcado nessa aventura sem nada esperar, passava a simpatizar com aquela mulher e sua postura enérgica e ferina.

Que todas as mulheres pudessem ser livres como ela.

Quando chegaram ao casarão, Cassandra o levou ao escritório dos Gouvêa, o cômodo onde o pai tomava suas decisões mais importantes. Agora, o lugar pertencia a ela: um gabinete de tamanho médio com uma grande mesa de trabalho, poltronas individuais e livros que recobriam as paredes. A meia luz das luminárias dava ao lugar uma atmosfera de mistério e acolhimento, ideal para a conversa que teriam. Enquanto ele se sentava numa das poltronas, Cassandra serviu dois copos de conhaque, depois de esvaziar um.

Juca sentiu o amargor da bebida e agradeceu. Depois de outra dose, findou o silêncio:

— O que eles disseram, sobre as photos, eu posso tentar recuperá-las... se elas forem verdadeiras.

— Elas são — respondeu Cassandra, estudando a reação de Juca e ficando satisfeita ao não sentir-se julgada. — Meu pai sempre exigia um fotógrafo nosso. Ele dizia que precisávamos de provas, caso um deles não cumprisse o acertado depois de receber sua gratificação. Era assim que ele chamava... meus serviços. O que nós dois não imaginávamos é que os pulhas também tivessem photógraphos.

— Então, posso tentar...

— O senhor não vai tentar nada. Não temos tempo para tais insignificâncias — atalhou ela, sentando-se na ponta da poltrona e tomando mais um gole. — Essa é uma lâmina que corta em dois lados, Senhor Pirama: eles não têm como me expor sem se exporem. E se fizerem isso, estou me lixando.

— Se não temos tempo para isso, temos para o quê?

— Amanhã o senhor saberá. Agora, eu preciso pensar — disse ela, indiretamente o dispensando.

Juca entendeu o recado e despediu-se. Estava quase deixando o gabinete, quando decidiu retornar. Ele agora estava com o costumeiro cabelo desgrenhado. A gravata já tinha ido embora há tempos. Tomou um pouco de ar e, meio sem jeito, disse:

— Senhorita Gouvêa, o que eu vi hoje — ele precisava encontrar as palavras. — foi muito poderoso. Espero poder ajudá-la no que for preciso. A senhorita ganhou meu respeito.

Cassandra fitou Juca fixamente, como se estivesse demorando a dar significado àquelas palavras. Por fim, falou:

— É muito cordial de sua parte dizer isso, Sr. Pirama. Ser mulher é uma experiência estranha: acostumamos nossos ouvidos dia após dia com falsas lisonjas e severas condenações, mas raramente sabemos como reagir a um elogio verdadeiro. Muito obrigada.

Juca assentiu e lhe deu as costas, quando a ouviu dizer:

— Uma última coisa, Sr. Pirama... pode me chamar de Cassandra.

— Digo o mesmo. Quer dizer... pode me chamar de Juca.

Os dois sorriram e assim findou a noite.

Ao menos para a sua companhia conjunta.

Juca perdeu-se duas vezes no casarão até finalmente encontrar o caminho do seu quarto. Entrou pé por pé, pois seu dormitório ficava ao lado do de Silva e não queria chamar a atenção do sujeito. De sua janela, deixou a mente vagar pelo sombrio arvoredo da propriedade. Em meio a elas, julgou ver o topo de uma construção de pedras. No dia seguinte, se tivesse tempo e oportunidade, iria descobrir que lugar era aquele.

Agora iria descansar e, com sorte, sonhar. E foi o que aconteceu. No seu sonho, era um lobo correndo nas matas fechadas em busca de presas. Uivando para a lua e com sua fome saciada, experimentava a pura liberdade.

Enquanto isso, a pantera Cassandra Gouvêa refletia, ainda bebendo e fitando as chamas que queimavam na lareira do gabinete do pai. Havia muito a ser feito nos dias seguintes, mas a estratégia que ela ideara seguia o curso planejado. Sua única surpresa era simpatizar com o indivíduo chamado Juca Pirama, um homem cujo nome ironicamente significava "Marcado para Morrer".

III

Em um túnel de enigmas sombrios
Foge assustada a criança dos rios,
Pois chegara a vil honra do sacrifício!
Na face enceta o medo de tal malefício,
No cinto as facas que a fuga balança
E no punho outra improvisada lança.
Medroso e choroso ao menor dos tropeços,
Ele corre sabendo: qualquer vacilo é um erro!
No rosto e no peito, ruge e freme o pavor,
Como por magia invocada no atroz ritual,
Tapuias devoram Tupis, é um ato ancestral:
Das carnes valentes dos grandes tombados,
Devoram coragem, presente sagrado!

JUCA CORRIA POR SUA VIDA COMO SE FOSSE SUA única alternativa.

O longo corredor parecia interminável e os atacantes ainda não haviam mostrado sua face. Da garganta seca, explodia o grito de ajuda, mas nenhum som era ouvido.

Atrás de si, figuras vestidas de sombras estavam em seu encalço. O coração explodia em seu peito e o ar lhe faltava. Foi quando ouviu seu nome na boca de um deles. O chão lhe faltou e ele caiu, esfolando as palmas das mãos na pedraria fria. Estava agora cercado pelos espectros que o perseguiam, começando a identificar seus corpos nus e as pinturas de guerra. Eram guerreiros. Eram Tapuias!

À sua frente, veio o líder dos inimigos, um velho soldado de guerras imemoriais que trazia no corpo as cicatrizes de inúmeras batalhas e os traços tribais de suas vitórias.

O homem olhou para o infante fugitivo com olhar de desprezo.

— Eis aqui o rebento do inimigo — disse ao menino prisioneiro. — És fraco e sem tribo, e nossas matas invadiste. Por isso morrerás morte vil na mão de um forte!

O guerreiro levantou a arma de pedra e então deixou cair sobre o peito desprotegido do pequeno Juca...

...que, suado e arfando, acordou no quarto mal iluminado, levando algum tempo para diferenciar o sonho da realidade. Juca levantou-se e limpou o rosto numa pequena bacia. Pouco a pouco vinha à sua mente onde estava e para quem trabalhava.

Era cedo e ele sempre fora um madrugador, ao menos nas lidas. Como estava acostumado a dormir ao relento, tendo por teto árvores frondosas e por leito suas raízes retorcidas, era com frequência o sol e seus raios que o despertavam.

Enquanto a casa dos Gouvêa acordava, decidiu fazer um reconhecimento do lugar. Vestiu suas roupas, deixando de lado os trajes emprestados na noite anterior. Por mais que Cassandra avivasse nele conflitantes sentimentos, Juca não ignorava o fato de que as revelações da noite passada a tornavam suspeita do desaparecimento do pai. A forma como não pranteava seu desaparecimento e como se desfizera do seu guarda-roupa, assim como sua forte inclinação a tomar para si a administração dos negócios, apenas reforçava essa impressão.

Além disso, a revelação pública de que Petrônio Gouvêa usava a própria filha como moeda de troca com seus aliados maçons justificava o sumiço do pulha. E se isso não fosse um bom motivo para dar um fim ao velho, Juca não saberia mais o que seria.

Mesmo assim, ele intuía que estava apenas arranhando a superfície daquela rede de tramoias políticas, joguetes comerciais e intrigas familiares. Isso fez Juca lembrar-se da irmã mais jovem de Cassandra, a adoentada Cecília.

Foi intercalando todos esses assuntos que Juca deixou seu quarto na ensolarada manhã. O casarão era ainda mais imponente visto a partir do lusco fusco de luz matinal e escuridão amadeirada, tanto do chão quanto do mobiliário.

Ao passear pelo corredor que o levaria a parte mais habitada da casa, ele atentou a uma fileira de portentosos quadros. Esses formavam uma suntuosa e inquietante galeria familiar, traduzindo em imagens as décadas de existência dos Gouvêa. Numa pintura, Petrônio figurava, ainda jovem, ao lado de outros dois homens, possivelmente seus irmãos.

O que teria acontecido a eles?

Noutra tela, o patriarca foi retratado ao lado de sua falecida esposa, quando ambos ainda eram jovens.

Mas foi em uma pintura que Juca se deteve, com a vermelhidão sangrenta de uma das figuras lhe chamando a atenção. Ela mostrava Petrônio e suas filhas anos antes. Com impecável apuro, o pintor retratara a personalidade das duas: usando um sóbrio vestido cinza, uma incolor Cecília fora posicionada ao lado de Cassandra, que fitava o espectador com olhos escuros e lábios avermelhados. As duas estavam sentadas lado a lado e, acima delas, na porção central da imagem, o severo pai demarcava seus territórios e propriedades com a mão repousada em cada um dos ombros descobertos das filhas. O traje pálido de Cecília, a roupa escura de Petrônio e o vestido escarlate de Cassandra davam à imagem a adequada expressão de uma incomum conjuntura familiar.

Juca deixou para trás tais visões do passado para atender uma necessidade mais premente. De algum lugar do casarão, recendia o inconfundível odor de café recém-preparado. O estômago de Juca apertou e roncou, lembrando a ele que a aventura da noite passada tinha findado sem nenhuma compensação alimentícia. Ao perseguir a origem do aroma, chegou à cozinha do casarão, onde encontrou uma das mulheres que havia visto no dia anterior, quando Cecília estava sendo medicada. Ao lado da matrona, um robótico doméstico parecia não entender suas ordens.

— Eu disse duas colheres de açúcar, sua tralha, não duas xícaras! — Disse a mulher, enfurecida, para a lataria que escutava paciente.

— De nada... dona... Maria. Minha... tarefa... é... servir.

— Sua besta inútil! — A mulher jogou uma panela no robótico, que permaneceu intocado. — Que saudade das negras que me ajudavam na cozinha!

Juca ignorou o comentário, acostumado com os persistentes indícios de um país que um dia vivera do comércio e da exploração de animais humanos. Ele, tendo sangue indígena nas veias, tinha em comum com os africanos sua triste sina nas Américas. Fazendo questão de interromper a cena, tossiu levemente para anunciar sua presença:

— Dona Maria, eu gostaria de saber se é daqui que vem esse perfume divino!

A mulher, fazendo uma careta, avaliou-o da testa à sola das botinas e só então respondeu, deixando dúbio se iria convidá-lo a sentar ou expulsá-lo. Com a mão na cintura e batendo o pé, disse:

— O senhor é um desses malandros, né?

— Eu, malandro, minha senhora? De forma alguma. Minha única tarefa é servir. — Quando Juca disse essas palavras, o robótico virou a cabeça em sua direção, como se silenciosamente reclamasse da fala roubada.

— Sei. Olha aqui, seu pilantrinha, vou te dizer uma coisa... — Ela baixou o tom de voz na hora de continuar, como se as paredes do casarão tivessem ouvidos. — Com a Dona Cassandra, faça o que quiser e o que ela deixar, pois naquela lá ninguém manda nem desmanda. Agora, se o senhor der em cima da pequena... eu lhe corto fora! — Arrematou ela, fatiando com violência uma fatia de pão, que jogou sobre um prato e então lançou a ele. — O senhor vai sentar ou não? — Juca obedeceu, tanto pela fome como pelo gênio da cozinheira.

A simples ideia de que pudesse seduzir a adoentada Cecília o encheu de repulsa, mas entendeu a preocupação da mulher e até simpatizou com ela, sabendo que tais canalhices tinham virado regra.

— De acordo, Dona Maria. Agora... será que posso ganhar também uma xícara desse café tão cheiroso?

Depois de fartar-se com alguns causos contados no rápido encontro com a cozinheira, Juca deixou-a com suas tarefas, na companhia do robótico culinário, levando consigo mais uma caneca de café que ele pescara sem a cozinheira perceber.

Após perder-se e vagar à deriva por mais alguns cômodos, Juca chegou à biblioteca dos Gouvêa. Automaticamente, ele invadiu o cômodo, agora atraído pelo cheiro de livros.

Não surpreenda o caro leitor ou a prezada leitora o fato de nosso herói ter sido no passado um devorador de histórias. Isso havia ficado para trás, sendo que Juca havia substituído os interesses livrescos de outrora pelas básicas necessidades do comer, do beber e do viver. Quando era uma criança no Orfanato das Sombras, a biblioteca era o lugar que mais o fascinava e, entre suas paredes, Juca perdia horas descobrindo heróis, se apaixonando por damas nada convencionais e desvendando os saberes da magia e do mundo. Quanto ao que o afastara daquele reino de enigmas e feitiços, o mundo ainda terá esta história. Mas não agora.

Juca deixou a caneca sobre uma das mesas do saguão de leitura e fez um reconhecimento rápido das seções que organizavam seus volumes. Tratava-se de uma biblioteca bem completa, com seções dedicadas à História, Ciência, Geografia e Filosofia, além das obrigatórias Ficção Estrangeira e Ficção Nacional. Ele parou na seção Conhecimentos Arcanos, que ficava entre Religião Ocidental e Esoterismo Oriental.

"Uma biblioteca sempre revela a alma de seu dono", lembrou Juca das palavras de Alexander Mortez, seu antigo mestre no Orfanato das Sombras. Se a frase continuava verdadeira, Juca estaria então bisbilhotando os corredores e cômodos do coração de Petrônio Gouvêa.

Juca retirou de uma das prateleiras dois livros, ambos dedicados à maçonaria. O primeiro era um estudo superficial e genérico que dava conta de práticas antissemitas, sacrifícios humanos e conspirações entediantes que objetivam nada menos que a dominação mundial. A única coisa que chamou sua atenção foi uma pequena nota de rodapé, marcada com uma dobra na quina da página, sobre a "Maçonaria Rubra".

Será que existe também uma verde ou azul?!

O outro volume era de autoria de um historiador que havia se especializado no assunto, produzindo uma espécie de dicionário arcano das práticas e saberes da seita. Todavia, para a tristeza de Juca, nele não havia qualquer verbete dedicado à Maçonaria Rubra. Ele buscou então outro verbete. Em "Demiurgo Arquiteto", seu dedo percorreu nomes como Zeus, Cronos, Odin, Javé... até encontrar a alcunha que procurava: Urizen. Na noite anterior, Cassandra havia gritado o nome aos presentes no Templo Maçôniko.

O livro, num econômico aposto, informava que Urizen era "Uma das criaturas idealizadas pelo visionário artista inglês William Blake como chave simbólica de sua mitologia infernal". Não encontrando nada mais do que isso, Juca cuidadosamente fechou o livro e depositou os dois volumes no seu antigo lugar. Foi então em direção à outra parte da sala, onde localizou a seção Poesia Europeia. Nela, entre volumes escritos por Dom Quixote, Próspero, Werther e Dorian Gray — este um de seus favoritos —, encontrou, entre versos de Tristram Shandy e Dorothea Brooke, um pequeno livro de poemas compostos por Blake: "As Baladas Perdidas de Inocência e de Experiência". Ao lado dele, um espaço vazio indicava que um título fora retirado há pouco. Será que Cassandra estava de posse justamente desse livro?

— Você não vai encontrá-lo aqui — disse uma voz feminina que tirou Juca de sua concentração. Pego em flagrante, Juca olhou para a fonte da voz, que de pronto soube que não era a de Cassandra, de tom mais grave e de execução mais contundente. Num canto da biblioteca, sentada no chão e enrolada num pesado cobertor, estava Cecília. *Teria dormido ali?*

— Eu sempre durmo aqui. É o único lugar da casa em que me sinto segura. Isso, claro, quando não estou dopada ou amarrada — disse a menina, lendo a mente de Juca e levantando-se.

Juca não soube exatamente como reagir àquelas palavras, a não ser ofertar a ela um olhar de simpatia. Para tornar o ar mais leve, resolveu voltar ao assunto do livro. Sorrindo, perguntou à Cecília:

— Como sabe qual livro que eu estou procurando?

— "O Livro Proibido de Urizen", de Blake. Papai o lia com frequência e Cassandra estava obcecada por ele. Mas desde o sumiço, o livro também desapareceu.

— Vocês gostam de poesia nesta casa, né?

Cecília olhou para Juca com olhar inquiridor.

— Blake não é poesia. É bizarrice.

Cecília, ainda enrolada no cobertor, se aproximou dele. Juca tinha a impressão de que ela iria despencar a qualquer momento. Sua palidez e aspecto doentio eram de dar pena.

— Você é mais esperto do que aparenta, não é mesmo? — Perguntou ela, ao que Juca deu de ombros. — Então, um conselho: saia desta casa enquanto pode.

— Eu trabalho aqui. Ganho um dinheiro. Um homem como eu precisa viver, assim como sua irmã precisa de proteção. Você não concorda?

Cecília deu uma gargalhada.

— Tudo bem, tudo bem... talvez nem tanto — justificou ele.
— Mas eu realmente penso que vocês estão em perigo. Neste caso, garanto que serei de ajuda.

Cecília olhou para Juca com imensos olhos tristes e então falou, enquanto a mãozinha direita escapava do interior da coberta e tocava seu rosto:

— Eis aqui um homem de grandes esperanças. Isso é bem raro.

A conversa dos dois foi interrompida pela súbita entrada de Silva, que ficou surpreso ao encontrar Cecília fora do quarto. Esta, olhando com repulsa o homem e voltando a esconder a mão embaixo do cobertor, pegou do chão seu travesseiro e deixou o local.

Os dois homens se encaravam, até que Silva falou, não deixando de notar a seção da biblioteca em que os dois se encontravam:

— Agora que o senhor já espionou as dependências da casa, encheu seu estômago de pão e café e se divertiu com um pouco de literatura, sua presença é requerida na sala principal.

Será que alguma coisa passava despercebida a essa gente?

Silva caminhou apressado à sua frente, como se estivesse atrasado para um importante compromisso, em direção a outro escritório da casa, diferente do que estivera na noite anterior. No salão contábil, dois homens em trajes secretariais auxiliavam Cassandra em uma série de ações. Ela vestia uma roupa de corte masculino e ajuste feminino, dando à cena uma inequívoca imagem de modernidade. A mulher combinava as calças e a camisa branca engravatada com um coque que lhe prendia os cabelos escuros na nuca.

— Bom dia, Cassandra.

— Bom dia, Juca — disse ela, caminhando em direção a uma pesada mesa de reuniões do outro lado do cômodo, sobre a qual quatro maletas de couro aguardavam.

— Quais serão as tarefas do dia? — Perguntou Juca, circundando a mesa.

— Hoje, contratos, reuniões e outras decisões. Não sairemos de casa. Já amanhã, prepare-se, pois teremos um dia cheio na grande Pauliceia. Os homens que confrontamos ontem já estão tomando providências. Só esses quatro devolveram o pagamento? — Questionou Cassandra, agora desviando seu olhar de Juca para Silva.

— Sim, ao menos até o momento — respondeu o escriturário. — Estamos contatando os demais para termos a confirmação do aceite à sua proposta.

— E quanto a Medeiros?

— Ainda nenhuma mensagem, Senhorita Gouvêa.

— Aquele verme. — O punho fechado de Cassandra bateu levemente sobre a mesa. — E quanto ao contrato do Senhor Pirama?

— Já está pronto, senhorita, bastando apenas a assinatura das duas partes.

— Contrato? Eu nunca assinei nenhum contrato. Para que contrato?

Depois de sorrir, Cassandra disse:

— Eu aprecio sua simplicidade, Juca Pirama. Certamente é um dos seus charmes. Mas se quiser trabalhar para mim, assinará este contrato. Nele, o senhor confirma que está aqui por livre vontade, sem sofrer qualquer tipo de coerção, além de garantir que não está a serviço dos meus inimigos. Espero que entenda minha posição e meus cuidados.

Juca ficou alguns instantes em silêncio e então assentiu. Depois de ler rapidamente as três páginas que especificavam — em enigmático palavreado jurídico — as palavras de Cassandra e detalhavam seu salário, ele assinou, não escondendo seu orgulho.

— Sério que você me pagará a quantia de cem réis semanais apenas para lhe acompanhar em todos os lugares? Com isso, logo, logo serei milionário!

— Fique tranquilo, em breve você entenderá o quanto o salário é correspondente à importância e ao perigo de sua função.

— Seu Silva... eu gostaria de uma cópia do meu contrato — disse ele, levantando o queixo e dando-lhe uma piscadela. — Sabe como é, para minha contabilidade! — Depois de fazer o homem datilografar três novas páginas e colher as mesmas assinaturas, Juca dobrou as folhas duas vezes e então as enfiou no bolso traseiro da calça.

— Muito obrigado. Só por precaução — disse ele, puxando a aba do chapéu.

— Agora, vou pedir que nos deixe — disse Cassandra, interrompendo a diversão de Juca às custas de Silva. — Por ora, creio que estou em segurança. Fique à vontade para descansar em seu quarto, retornar à biblioteca ou fazer o que bem quiser. — Cassandra falava isso sem olhar para ele, assinando pilhas e pilhas de papéis. Juca assentiu e deu as costas a ela. — O jantar será servido às 20h...

O rápido sorriso que Juca esboçou com a primeira parte da sentença morreu decrépito em seus lábios após a segunda.

—...na cozinha dos criados.

⚙

Depois do almoço e de uma sesta, que se estendera por boa parte da tarde, Juca decidiu dar continuidade às suas investigações. Ao deixar seu quarto, esbarrou com um robótico que estava levando um chá para Cecília. Juca tomou para si uma xícara.

— Este... chá... não é... para o... senhor.

— Muito obrigado, homem de ferro! — Disse ele, bebendo com satisfação.

— Eu sou... um... robótico.... do modelo EX54...

— Muito prazer, sou Juca Pirama — respondeu, deixando a xícara na bandeja. — Agora, uma pergunta, robótico, mas só entre nós: onde fica o quarto do dono da casa?

O autômato olhou para os lados, como se estivesse conferindo se ninguém estava por perto, e então respondeu, diminuindo automaticamente o volume de sua voz.

— O quarto... do patrão.... Petrônio... fica na outra... extremidade... da casa!

Juca riu, olhando para o lugar indicado.

— Valeu, lataria! Gostei de você!

— Muito obrigado... Senhor... Juca Pirama... é... a primeira vez... que alguém diz... que gosta... de mim...

Juca deu as costas ao robótico, quase sentindo pena do trambolho.

Enquanto caminhava, revisava na mente a arquitetura da casa e como ela dividia suas castas. A conjuntura em U significava que na porção direita ficavam os cômodos dos senhores, enquanto a da esquerda recebia os quartos dos empregados. O que conectava esses dois braços era o frontão que dava acesso ao lugar, com suas salas de reunião, de jantar, gabinetes e biblioteca.

Foi fácil identificar o quarto do desaparecido, uma vez que as fitas da polícia republicana ainda marcavam o alto e portentoso arco que dava acesso ao cômodo. Juca olhou para os lados e destrancou a porta, abaixando o corpo e invadindo a cena do crime.

Estou me sentindo num folhetim gringo!

Era um quarto grande, porém espartano na escolha dos móveis e utensílios. Petrônio Gouvêa parecia levar uma vida simples e prática e isso se estendia ao seu cômodo mais pessoal. Igual pragmatismo parecia se estender a Cassandra e Cecília.

Você prostitui uma filha para fechar negócios e medica a outra para não incomodar.

Algo revirava seu estômago, enquanto o último fiapo de luz solar quedava no horizonte. Logo ele iria precisar de velas.

Depois de revirar gavetas, olhar embaixo da cama, atrás de quadros, entre os livros e em cima dos dois guarda-roupas, não encontrou nada. O quarto tinha apenas uma entrada e altas janelas gradeadas que davam para a parte externa da propriedade, onde se via os campos ao longe e um pouco do bosque que ficava ao fundo do grande terreno dos Gouvêa. A polícia não entendia como todas as aberturas podiam estar fechadas e trancadas por dentro quando Petrônio desapareceu.

Juca se voltou agora para um grande espelho que chamou sua atenção. A moldura era muito bonita, feita de madeira envernizada e com detalhes florais. Tudo elaborado demais para o seu gosto rústico — ele nunca mais iria esquecer a palavra. Juca se olhou no espelho e sorriu, ajeitando a cartola e dando uma piscadinha em seguida. No reflexo, chamou sua atenção a luz que entrava por uma das janelas. E ao lado dela, uma pequena pintura que destoava dos outros quadros do recinto, maiores e mais chamativos. Juca deu a volta, deixando seu momento de Narciso, e foi estudá-la.

Era um sol vermelho e sangrento que explodia atrás de uma figura velha e poderosa, cujas barbas e cabelos longos eram levados por uma forte ventania. A imponente divindade segurava um compasso que parecia calcular e projetar todo o universo, com suas estrelas, planetas e galáxias. Juca sabia onde encontrara uma imagem igual àquela: entre os papéis que Silva deixara cair na carruagem. Uma visita ao homenzinho poderia ser uma boa.

Além dessa conexão, Juca notou que a moldura da imagem era diferente das outras telas do recinto. O que emoldurava Urizen era um material escuro e brilhoso, que parecia metálico. Juca estava prestes a retirar a pequena tela da parede quando algo chamou sua atenção.

A noite acabara de chegar e suas sombras já se projetavam pelos campos distantes. No limite do terreno dos Gouvêa, dois guardas faziam a ronda, um humano e outro robótico. Quando os dois se cruzaram, num ponto inferior da cerca alta, um raio escarlate cortou o arame tramado. Segundos depois, uma figura vestida de noite dos pés à cabeça escorregou pela abertura na cerca como uma serpente noturna.

Juca testemunhou a ameaça avançar sobre a casa, passando invisível pelos guardas profissionais que faziam a segurança do perímetro.

Grandes idiotas!

Juca seguiu o invasor com o olhar e, vendo que ele desapareceu de sua vista ao alcançar o pátio interno, rapidamente deixou o quarto de Petrônio, ficando escondido nas sombras do corredor. Algo em suas entranhas lhe dizia que o criminoso objetivava justamente aquela ala da casa. Juca esperaria ali e não perderia a oportunidade de descobrir quem era aquele homem e o que estava fazendo ali!

Estava atrás de Cassandra, certamente... ou de Cecília!

O criminoso apareceu no final do longo corredor, não vendo Juca entre as sombras. Para seu desespero, o homem vestido de escuridão logo invadiu o quarto da filha mais jovem dos Gouvêa. Juca o seguiu, vendo pela porta entreaberta que a jovem dormia imóvel. Depois de segundos de concentração, o homem retirou de sua indumentária uma corda fina e brilhante. Com passo decidido e silencioso, ele se aproximou da cama onde a jovem repousava, dormindo ou medicada.

— Sinto muito, caro senhor, mas penso ser falta de cortesia interromper o sono de Dona Cecília!

Quando Juca disse isso, o homem se virou e rapidamente avançou sobre ele, deixando a corda de lado e sacando uma lâmina. Depois de tentar cortá-lo três vezes com o punhal, Juca conseguiu segurar seu braço. No embate, com os dois lutando pela arma, uma mesinha de cabeceira foi derrubada e Cecília permaneceu dormindo.

Devem tê-la dopado novamente.

Juca conseguiu fazer com que o oponente deixasse sua arma cair, chutando-a para longe, para a porta que dava acesso à alcova. Agora, o embate seria de outra ordem. Juca se preparou com as melhores armas que tinha: os punhos em riste.

Ele conseguiu acertar dois socos no inimigo, mas recebeu três.

De fato, cem réis é pouco para esse tipo de encrenca!

O homem se aproximou dele e foi empurrado para longe. Aquilo foi um erro, pois com isso o invasor ganhou tempo para retirar do seu cinto um dispositivo que parecia um bastão, mas era um energizador de fissão eletrostática. Antes que Juca pudesse reagir, ele foi atingido por um dardo de energia que o imobilizou, massacrando seu corpo com uma carga de duzentos Tesla.

Juca estava prestes a perder a consciência, o que seria o fim dele e de Cecília, quando conseguiu arrancar do corpo a arma do inimigo. Ele puxou o fio eletrostático com força, fazendo o criminoso vir ao seu encontro. Quando isso aconteceu, Juca o atingiu com um soco que certamente deve ter afrouxado alguns dentes!

Segurou o pulha pela gola e arrancou sua máscara, revelando um homem loiro, de olhos claros e lábios sangrados. Quando ele estava prestes a inquirir o assassino, este sentiu uma estocada, que foi seguida de um fiapo de sangue a escorrer por sua boca.

Atrás dele, empurrando a lâmina ainda mais fundo, Juca reconheceu entre as sombras os olhos negros de Cassandra Gouvêa.

Em segundos, Juca sentiu o corpo do oponente amolecer.

— Cassandra, nós poderíamos ter descoberto quem o enviou!

— Mas nós sabemos quem o enviou! — Disse a mulher, não se dando ao trabalho de retirar a lâmina do corpo. Com um lenço, ela limpava as mãos de forma displicente.

Juca suspirou, indo se certificar de que Cecília estava bem.

— Precisamos tirar Cecília daqui antes da polícia chegar.

— Polícia? — Disse Cassandra, levantando levemente a voz. — De forma alguma, Juca Pirama. Eu não tenho tempo nem paciência para a polícia.

O que diabos ela queria dizer com isso?

— Cassandra, temos um corpo aqui. O que faremos senão chamar a polícia?

— Ora, o que fazemos com qualquer corpo: vamos enterrá-lo!

Juca afastou-se de Cecília e sentou na beirada da cama. Ele precisava pensar e avaliar melhor a situação, inquirir sua mente sobre outros caminhos para tamanha enrascada, lidar com sua relutância em embarcar em tal plano absurdo...

Prestes a levá-lo ao seu limite, Cassandra se aproximou de Juca, ficou de joelhos e então encerrou suas mãos entre as dele.

— Juca, me escute — disse ela, ajustando sua voz ao silêncio e mirando seus olhos. — Não há o que fazer. A polícia iria apenas atrapalhar. Você sabe disso, não sabe? Além disso, um escândalo como esse apenas ajudaria meus inimigos. Por favor, me ajude.

Os olhos profundos de Cassandra nublavam sua concentração e ela reforçou seu pedido.

— Você me ajudaria a sumir com esse corpo?

Apesar de aquilo flertar perigosamente com os limites flexíveis de sua moralidade, como Juca poderia dizer não? Ainda mais naquelas circunstâncias?

— Um aviso, Cassandra — disse ele, depois de um longo suspiro, com seus olhos também fixos nos dela. — Eu não matarei ninguém por você. E isso é inegociável. Mas nesta noite, neste caso, minha resposta é sim: eu ajudarei você a esconder esse corpo.

Ela sorriu e então ficou em pé, estendendo a mão para que Juca a tomasse. Ele ficou olhando para seus dedos longos e delicados e temeu não saber até onde iria para segui-los.

Minutos depois, enquanto Cassandra distraía os guardas, Juca se viu carregando um pesado corpo em direção ao bosque que margeava os fundos do casarão. Logo, galhos quebrados anunciaram a chegada de Cassandra, trazendo consigo uma moderna lamparina.

— Venha comigo — disse ela, seguindo confiante em direção à escuridão do bosque. Em alguns minutos, chegaram a um cemitério particular, repleto de pequenas lápides, todas posicionadas ao redor de um majestoso mausoléu cujo pórtico anunciava o nome da amaldiçoada família. Juca deixou o corpo no chão e estendeu os braços acima da cabeça, tentando endireitar sua coluna.

— E agora, o que fazemos? Cavar?

— Claro que não. Me ajude aqui — respondeu Cassandra, indo em direção a um dos sepulcros. — Nessa noite, vovô Raimundo terá companhia. — Juca demorou a entender que ela estava falando do parente sepultado ali. — Venha Juca, me ajude a arrastar a lápide.

Quantos corpos iguais a esse ela já escondeu por aqui?

Juca ajudou-a com a pesada lápide de pedra que recobria o sepulcro. No seu interior, que Cassandra iluminava com a lanterna, restos de madeira, panos e ossos dormiam há décadas. Acima deles, Juca julgou ver os orbes vazios de uma caveira.

— Jogue o corpo do assassino aí dentro, Juca!

Ele, mesmo reticente, obedeceu. O homem que ela havia acabado de matar caíra sobre as ossadas quebradiças de alguém que um dia respondera pela alcunha de Raimundo Gouvêa.

Depois de Cassandra desejar "bons sonhos, vovô", os dois colocaram a lápide no lugar e então respiraram, dando o assunto por resolvido. Ela fumava, sentada em outra lápide, com a lamparina a seus pés. A iluminação entrecortada e a música de corujas e outras criaturas noturnas davam à cena um inconfundível verniz gótico, para não dizer mórbido.

— Você não tem muito respeito pelos mortos, não é mesmo? — Perguntou ele, sentando ao seu lado.

— Os mortos estão mortos, Juca — devolveu Cassandra, dando mais uma tragada em sua cigarrilha e degustando-a intensamente. — Quanto a nós, — falou ela desviando calmamente do chão úmido e fértil — nós estamos bem vivos!

E ao dizer isso, Cassandra virou seu rosto para o de Juca, fazendo com que o enlace dos seus hálitos prenunciasse outra sorte de proximidade.

Estava consumado, pensou Juca, devolvendo o beijo e degustando não apenas a textura dos lábios dela como também as funestas essências da noite.

Fumo, sangue e amora. Será esse o gosto dela?

Depois de plantar em sua boca mais um de seus beijos ardentes, seguido de uma leve mordida em seu lábio inferior, Cassandra se afastou, apagando a cigarrilha em outra lápide e tomando o caminho da casa.

— Vamos, Juca, deixemos os mortos fazerem companhia aos mortos.

Seguindo Cassandra e completamente absorto pelo som de sua fala e do seu caminhar por entre galhos, ramagens e ossos, Juca não percebeu abaixo de si o inconfundível som de correntes sendo movidas nas entranhas do mausoléu imponente.

Esse funesto ruído se mesclava aos gemidos terríveis de um homem incapaz de gritar.

IV

Meu canto sem sorte,
Amigos, ouvi:
Sou filho das ruas,
Nas ruas cresci,
Amigos, descendo,
Das tribos servis.

Da gente pujante,
Que agora anda errante,
Por fado inconstante,
Amigos, nasci:
Sou bravo, sem norte,
Sou filho de um forte,
Meu canto sem sorte,
Amigo, ouvi.

Já vi cruas brigas
De gente inimiga,
E as duras fadigas
Da fome eu provei.
Por ruas amigas,
Senti pelas faces
As vozes fugazes
Dos ventos que amei.

NO MUNDO DA LUA, JUCA? — PERGUNTOU CASSANdra, mirando o olhar perdido do homem, fitando a movimentação do exterior da carruagem.

— Mais ou menos — respondeu. — Digamos que eu estava no Mundo da Selva, em meio a sombras e outros perigos.

— Quão enigmático, senhor Pirama — disse ela, sorrindo.

Ele devolveu o sorriso, fitando seus olhos de noite e perguntando-se há quanto tempo não tivera uma noite tão turbulenta como a última. Ele olhava para Cassandra e *flashes* da noite anterior não paravam de invadir o castelo da sua memória.

O desenlace das roupas. O suor sobre a pele dele em contato com o perfume selvagem dela. O gosto de tabaco em seus lábios mesclando-se ao odor de morte e ao gosto de vida. A excitação da caçada e do crime liquefeita no desejo dos dois. As curvas secretas do corpo dela descobertas entre seus lábios. Sua pele ardendo entre os dentes famintos que o perseguiam e a língua tenra e devota que o acudia. Seu desejo pulsando e cedendo num sedento engodo por ela, através dela, dentro dela, enquanto suas unhas negras arranhavam suas costas e aprisionavam seu pescoço, confessando segredos noturnos nos labirintos do seu ouvido. Os ventres fundidos, assim como as bocas, numa valsa pulsante e profana, íntima e faminta, doce e amarga. Até que os corpos, satisfeitos e ainda sedentos, se separassem. O gosto dela ainda estava em seus lábios e Cassandra, sabendo disso, o fitava satisfeita na sua pose de amazona combativa.

Silva, apartado da intimidade que os dois dividiam, e intuindo o que tal olhar significava, voltou aos seus papéis. Ele sabia que Juca não havia ido repousar em seu quarto na noite anterior, já prevendo que cedo ou tarde sua patroa o "testaria" em outras searas.

Minutos depois, enquanto Cassandra e o contador começavam a adiantar os trabalhos do dia na carruagem em movimento, revisando contratos e recapitulando reuniões, Juca olhava a paisagem mudar. Diferente de sua viagem anterior, que partiu dos arredores paupérrimos do mercado ribeirinho do Tamanduateí até os palacetes e quintas de Limpesópolis, agora eles deixavam para trás as ricas casas das grandes famílias indo em direção ao coração econômico da imensa metrópole.

Naquele trajeto, era o passado pomposo que ia, pouco a pouco, dando lugar a um tempo futuro que prometia riqueza, inventos e modernidade. Nas margens da estrada, a estrada de um país que nunca parava de sedimentar suas desigualdades, homens, mulheres, velhos e crianças, magros e famintos, carcomidos de pestes e doentes de ausências, testemunhavam o vagão da história passar, num comboio para o qual eles não apenas eram proibidos. No caso deles, nem o tíquete lhes fora ofertado.

Juca, sendo quem era, não conseguia ignorar aquelas reflexões, mesmo usando roupas tão boas, mesmo estando ali, na companhia dos construtores do amanhã. Ao contrário, uma parte dele ressentia-se da oportunidade, algo que nenhum dos infantes do Mercado Velho chegaria um dia a ter ao seu alcance.

A administração central das empresas Gouvêa ficava na Avenida Pauliceia, recém-convertida de arrabalde de casas importantes em principal expoente dos esforços comerciais da cidade que nunca dormia e se tornava, dia após dia, a base econômica do estado — e segundo alguns, do próprio país. Diferente das velhas mentes cariocas e mineiras, diziam, ali se pensava, se construía e se projetava o futuro.

— Está sentindo o cheiro do dinheiro, Juca? — Perguntou Cassandra, quando avistaram os primeiros prédios de dois e três andares mesclados aos palacetes que deram origem àquela região.

Numa das pontas da larga avenida, onde carroças e charretes dividiam espaço com modernos carros e bondes tecnostáticos, ficava uma das principais necrópoles da cidade: o Cemitério do Desconsolo. Em suas lápides, alguns dos principais nomes do século anterior estavam inscritos, nomes que fomentaram a economia e a expansão da jovem república.

Nas últimas décadas, a Pauliceia havia se tornado a própria imagem do avanço tecnológico. Com árvores frondosas, larga via e um projeto de redesenho urbano mais que ousado, aquela avenida era sem dúvida um dos pontos mais importantes de São Paulo. Juca, a quem ouro e sociedade pouco interessavam, nada conhecia daquele mundo. Para ele, viver em São Paulo e nunca ter visitado tal lugar não era surpresa, pois nele, ele não apenas se sentia em outra cidade: sentia-se em outro planeta!

No meio da Pauliceia, à frente de um imponente prédio de quatro andares, a carruagem dos Gouvêa parou, com seu chofer robótico descendo da cabine e abrindo as portas aos seus passageiros.

— Sejam bem-vindos... ao seu destino... senhora... e... senhores.

Juca foi o último a sair e quando o fez, encarou a fachada de janelas altas acima da qual figurava uma imensa placa anunciando o nome do imponente estabelecimento comercial: Gouvêa & Associados!

No quarteirão ao lado, ficava um pequeno parque, um pulmão de árvores e flores no peitoral sisudo de pedras, cimento e papel-moeda. Juca registrou o parque em sua mente, pois poderia fugir para lá caso o dia se tornasse perigoso ou, mais provável, enfadonho.

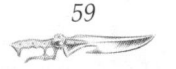

Quando entraram na empresa, a movimentação era enérgica, como se todos estivessem atrasados para algum importante compromisso. Depois de alguns minutos, Juca percebeu que aquele era o ritmo da empresa e supôs que não seria diferente em nenhum lugar da avenida. Para Juca, que sempre tivera um pulsar cardíaco sossegado exceto quando o assunto eram paixões amorosas ou enrascadas de origem e desenlace variados, era difícil acompanhar tamanha urgência. Por outro lado, era um ar intoxicante que ele respirava agora e a ideia de que aqueles homens e mulheres estavam trabalhando para construir algo para o futuro, algo significativo e imorredouro, não deixava de soar desejável. Eram escriturários, contadores, advogados, revisores, mensageiros e agentes econômicos que iam e vinham, e muitos deles eram... elas!

Juca deveria ter suspeitado que Cassandra, sendo a mulher que era, não se deixaria rodear apenas por homens. Uma das secretárias, uma mulher negra, alta e concentrada em seu trabalho, chamou a atenção de Juca. Ela o olhou com desdém, apesar de ter ficado surpresa quanto aos seus trajes pouco formais. Juca sorriu e tirou sua cartola, cumprimentando-a, um dos poucos gestos que ele repetia com frequência.

— Você sabe que essas mulheres que você está vendo estão aqui por minha causa, não? — Perguntou Cassandra, atrás dele. — Eu muito briguei com meu pai pela presença delas. Por hora, todas fazem praticamente a mesma coisa: datilografam, servem café, levam e trazem documentos. É o que chamam na Europa de "secretárias". Mas escreva minhas palavras, Juca: em breve elas estarão em outras posições. Dê-me dez anos, força para lutar e dinheiro para investir e eu mostrarei a todos eles uma São Paulo e uma Pauliceia que nunca poderiam sonhar, um lugar onde homens e mulheres terão iguais oportunidades.

Juca olhou para Cassandra, não tendo dúvidas do quanto a admirava e do quanto o seu desejo por ela apenas aumentava. O crime que dividiram na noite passada apenas tornava a cumplicidade entre eles mais intensa. *Poderia tal cumplicidade se tornar intimidade? Ah, Juca, deixa de ser Juca!*

Passaram a manhã no escritório de Cassandra, com ele atuando como mero acessório humano, jogado num sofá ao lado da mesinha do café. Para sua felicidade, num dos cantos do sóbrio gabinete de Cassandra — ela ainda não havia transferido suas coisas para a sala que pertencera ao pai —, Juca encontrou uma pilha de livros. Tomou um deles e começou a folhear o volume. Era uma velha edição de *Crimes Crassos*, de Beatriz de Almeida & Souza, um livro que Juca adorava e não o surpreendia o fato de estar entre as coisas de Cassandra, especialmente pela singular biografia de sua autora, que um dia assumira um nome masculino para publicar suas obras.

Quando o almoço que havia encomendado chegou, Cassandra pegou o pequeno pacote e convidou Juca a acompanhá-la. Os dois foram para o parque que ficava ao lado da Gouvêa & Associados. Juca fitou a placa que dava acesso ao bosque — Parque Quarthenon — e seguiu Cassandra até um banco de pedra, na frente de uma imensa estátua que representava, em frias linhas e ângulos retos, um fauno.

— Adorei esse lugar, Cassandra. Nem parece São Paulo.

— Mas é — disse ela, dando a última bocada no seu sanduíche. — Meu pai sempre me trazia aqui. Ele dizia que era um lugar perfeito para descansar, pensar e planejar. Volta e meia, em momentos difíceis, em que decisões importantes precisavam ser tomadas, ele ordenava um pequeno recesso e vinha para cá. "Esta selva de cá, minha filha, nos ajuda a sobreviver na selva de lá", dizia. — Cassandra mudou seu tom de voz, como se tentasse imitar a voz de seu pai.

— Você sente falta dele? — Perguntou Juca, não perdendo a oportunidade de tirar algumas dúvidas sobre a estranha relação familiar.

Cassandra manteve o olhar fixo em seus olhos e depois desviou-o para a selvageria do bosque, talvez procurando respostas que nem ela soubesse ainda.

— Sim... e não — respondeu. — É claro que eu sinto falta dele. Ele era nosso líder, quem fazia tudo isso funcionar. Eu sou o que sou porque ele fez de mim uma pessoa determinada e combativa, fazendo-me o grande favor de ignorar o meu sexo.

— Nem sempre — colocou Juca, ameaçando avançar num assunto íntimo e delicado, mas assumindo o risco.

— E cá chegamos à minha segunda resposta. Eu o amava, Juca... e eu o odiava. E até hoje eu não sei se o que ele me ensinou resultava do seu amor por mim ou da constatação de que eu poderia ser um atraente instrumento, um ás na manga, uma vantagem em uma mesa de aposta. Ser filha de um homem rico é um duplo desafio. O primeiro deles é não se tornar uma idiota sem ambições, exceto a de casar e parir. O segundo é a constante dúvida quanto ao amor que dedicam a você, se esse amor está baseado em quem você é e em sua personalidade ou unicamente no seu valor de mercado.

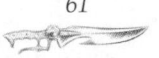

— Ou as duas coisas — disse Juca, fitando os olhos da mulher. — Mesmo que seu pai tenha lhe usado, talvez alguma dimensão dele a amasse. — O silêncio se instaurou, com Cassandra pensando em suas palavras. — Me perdoe, eu não devo me intrometer nesses assuntos.

— Não peça desculpas — replicou ela. — Gosto de você porque não é um idiota. Poucas pessoas têm o que dizer e poucas pessoas têm a coragem de dizê-lo. Acho que tem razão.

Depois de uma pausa, Juca tentou retomar a conversa, agora a levando em outra direção. Depois de ter mapeado os sentimentos dela a respeito do velho Gouvêa, será que conseguiria descobrir algo mais sobre o seu desaparecimento?

— Cassandra, quem está investigando o desaparecimento do seu pai?

— A polícia, dois investigadores particulares, um agente federalista. A lista é longa. Os resultados, desprezíveis, como boa parte dos homens dessa cidade.

— Na noite em que ele sumiu, houve algo de diferente?

Ela deu de ombros antes de responder.

— Nós jantamos, eu, ele e Cecília. Em muitas noites, minha irmã ia para a cama e nós ficávamos juntos, fumando e planejando o dia seguinte. Mas, naquela noite, ele parecia disperso, distraído mesmo. Ele terminou seu jantar e então nos deixou. Foi a última vez que o vi.

— E quais foram as condições do seu desaparecimento? — Juca queria ir mais além, mas não conseguia mapear nada da mulher além da sua aparente sinceridade. Por outro lado, já havia percebido a capacidade camaleônica de Cassandra, o que intensificava cada uma de suas suspeitas.

— Nós apenas descobrimos seu desaparecimento na manhã seguinte, o que torna bem difícil responder a essa pergunta. Ele sumiu do seu quarto, no meio da noite, sem rastro algum, com tudo trancado. Não havia sinais de luta, sangue ou movimento. É como se ele tivesse simplesmente retirado as cobertas, levantado e sumido... como um fantasma!

Juca achava toda a história muito estranha. O problema com crimes que envolvem vítimas de assassinato ou sequestro é justamente o apagamento das evidências. *Matar não é o desafio. O desafio é esconder o corpo*, relembrava das palavras de Mello Bandeira, o homem que um dia o prendera e que, por ironia dos destinos, havia se tornado um amigo. A julgar pela lembrança da última noite, Cassandra tornava as duas tarefas igualmente fáceis.

— De quem você suspeita, Cassandra?

— Eu não suspeito, eu sei. Não é evidente? Tivemos a prova ontem à noite. Os mesmos inimigos maçons que enviaram o assassino para dar um fim em minha irmã e talvez em mim devem também ser os responsáveis pelo sumiço do meu pai.

— Cassandra, eu posso ajudar. Tenho um antigo conhecido nas forças policiais que...

— Juca — a jovem que minutos antes dividia com ele um momento de sinceridade dava lugar à fria e imperiosa mulher de negócios —, eu não preciso que faça qualquer coisa. Preciso que me proteja, como fez ontem. Há investigadores fazendo o necessário. Além disso, vou dizer a você o que disse à polícia: é inútil perdermos tempo procurando responsáveis. O que fizeram foi executado com habilidade profissional. E você acha que profissionais não cobririam muito bem seus rastros?

— Então, você não fará nada?

— Eu pareço uma mulher que não faz nada? — disse ela, levantando-se e convidando Juca a voltar ao trabalho. Depois de alguns passos, ela retornou à sua fala. — Eu fiz meu primeiro movimento há duas noites, como um bispo encurralando um cavalo. Primeiro, invadi o antro machista e supersticioso. Ontem, eles responderam a este movimento com violência e desespero. Meu outro movimento foi jurídico. Encurralei os bastardos com minha rainha cortando quaisquer laços que eles porventura tenham com a Gouvêa.

Juca caminhou ao lado da enxadrista, não deixando de pensar que algo poderia ter passado desapercebido pelos investigadores do caso. Por onde começaria? Pelo quarto trancado onde Petrônio Gouvêa havia sumido como um fantasma. Na experiência de Pirama, mesmo os fantasmas, quando somem, deixam rastros.

Juca estava quase cochilando quando Silva entrou rápido no escritório de Cassandra. Esta havia passado a tarde resolvendo assuntos que iam desde o plantio de grãos de café até seu comércio e exportação. Eram documentos a assinar, processos a despachar, propostas a avaliar e subsidiárias a controlar, numa série de ações que faziam o segurança relembrar os motivos de nunca ter cogitado o trabalho burocrático.

— Senhorita Gouvêa, acabamos de receber uma valise da parte dos senhores Flores, Menezes, Peixoto e Schmidt, os mesmos que...

— Recusaram a minha proposta de compra — respondeu de imediato Cassandra, não escondendo um pequeno sorriso direcionado ao guarda-costas, que acordava. — O que eu disse a você? Xeque!

Juca, levantando do sofá que havia feito de divã e passando os dedos no rosto sonolento, achou exagerada a comemoração. Além disso, quando olhou para a expressão de Silva, também acalorada, sentiu de imediato que algo estava muito errado.

O homem correu à janela, perguntando a Silva quem havia feito a entrega.

— Uma carruagem tradicional, sob ordens dos Peixoto. Mas junto da valise eles entregaram um envelope da parte dos quatro. Por quê? Algum problema, Sr. Pirama?

Juca localizou a carruagem da entrega, um antigo modelo que tinha dois homens por motoristas. O carro permanecia parado em frente à Gouvêa & Associados.

— Traga a valise aqui e também essa carta, Sr. Silva.

O homenzinho saiu, enquanto Cassandra estudava a reação de Juca, não acreditando que pudesse haver qualquer problema numa simples valise. Por outro lado, Juca não conseguia desviar sua atenção da carruagem que trouxera a resposta das quatro famílias inimigas. Era uma carruagem de luxo, mas ainda puxada por cavalos.

E por que os homens continuavam ali? Parados?

As carruagens mecanizadas ainda não haviam sido completamente abraçadas pelas famílias mais ricas porque determinados luxos como refrigeração e suspensão reforçada, adições comuns das carruagens tradicionais, ainda não conseguiam dividir espaços com o maquinário da caldeira e dos robóticos.

Silva entrou trazendo a valise e a carta, que rapidamente entregou à Cassandra. Quanto à fina maleta de couro, depositou-a sobre a mesa central do escritório, onde Cassandra costumava reunir-se com seus diretores e acionistas.

O que eles ainda estão esperando?

Quando Silva estava prestes a abrir a valise, Juca o proibiu com veemência.

— O que houve, Juca? — Perguntou Cassandra.

— A carta. O que ela diz? — Questionou, sem perder de vista a carruagem, que permanecia estacada.

Cassandra riu alto lendo o papel e então disse:

— Os pulhas desistiram. Pedem desculpas por qualquer ofensa, garantem que as fotos que tinham em seu poder foram destruídas e oferecem uma polpuda quantia para que eu faça o mesmo com os pictogramas que possuo. Covardes duma figa! Quanto dinheiro tem aí, Silva?

— Não encostem nessa valise! — Gritou Juca.

Quando voltou a olhar pela janela, a carruagem finalmente colocava-se em movimento. Mas, de cima dela, um dos cocheiros olhava para trás, para o prédio em que estavam, para a janela de Cassandra, para ele.

Juca só teve tempo de correr e empurrar Silva, que estava ainda na linha da porta, para então voltar-se a Cassandra.

Ele saltou sobre ela, jogando os dois para trás da mesa maciça de madeira. Com hálitos e olhares colados, Cassandra primeiro ficou enfurecida e depois, assustada.

Nesse momento, o escritório inteiro voou pelos ares.

De olhos fechados e surpresos pela explosão, eles temiam o pior: que toda a Gouvêa & Associados se tornasse um inferno de chamas, destruição e morte.

Ao redor dos corpos abraçados de Juca e Cassandra, papéis chamuscados, mobília destroçada e fumaça sufocante fazia-os arder. Na pele de ambos, a vermelhidão de queimaduras começava a surgir, levando-os ao puro desespero! Juca agradecia ao Sr. Malheiros pela indicação do casaco de couro que vestia, pois era aquela roupa que agora protegia tanto ele quanto Cassandra das chamas que tentavam devorá-los!

Como diabos vamos sair daqui?

Pensando rápido, Juca soltou o corpo de Cassandra e virou a mesa de trabalho graças a qual eles não haviam recebido o primeiro impacto da explosão. Esse ato fez com que primeiro caísse sobre eles tudo o que estava sobre o tampo de madeira, desde papéis em chamas até duas luminárias. Com isso, ficaram protegidos, ao menos por alguns segundos, das chamas que consumiam o escritório inteiro!

Pense rápido, Juca. Rápido!

Ele tentou alcançar uma garrafa de água que rolara da mesa, mas seus dedos foram chamuscados pelas labaredas.

Em outros tempos, quando a magia ainda era uma possibilidade, ele poderia tentar alguma invocação.

Esqueça isso, seu idiota! A magia foi embora... como seus pais! Você só tem sua força e seu corpo!

— Precisamos sair daqui! — Gritou ele a Cassandra, de quem as chamas começavam a destruir a roupa. — Faça exatamente o que eu disser! Eu vou ficar em pé e levantar sua mesa sobre nós. Se abrace em meu corpo e me siga! Entendeu?!

Cassandra assentiu, agora com as labaredas de fogo ardendo abaixo deles, enquanto Juca lhe dava mais uma instrução.

— Aconteça o que acontecer, esqueça as pernas! Vamos sobreviver, mas ordene a suas pernas que não prestem atenção na dor! Pronta?!

Antes que Cassandra respondesse, ele fez o combinado.

A mesa era de madeira maciça, muito pesada, e por um instante Juca achou que não suportaria o seu peso. Mas então, pensou em Cassandra e no seu trabalho.

Você está sendo pago para quê, seu larápio?

Pensou também nos malditos que haviam feito aquilo e o ódio queimou dentro dele, fazendo-o ignorar a dor e continuar.

No momento em que ordenou a seus braços e a sua cabeça que suportassem o peso da mesa, suas pernas começaram a queimar, com as chamas dançando entre elas e rapidamente consumindo suas calças. Seria capaz de aguentar?

Foi quando ele sentiu o abraço de Cassandra ao redor de seu torso.

— Estou pronta, Juca! Vamos!

Ele a obedeceu e seguiu para o marco da porta, que formava agora um pórtico infernal de chamas e fumaça!

Cada passo era um martírio, tanto pelo calor e pela dor como pela falta de ar. A fumaça e o calor das chamas tornava cada movimento um teste de resistência. Desviando do ar cáustico e das labaredas com o resto de força que tinham e no limite da dor que suas pernas poderiam suportar, chegaram ao batente incendiado.

Tendo seu campo de visão anulado, Juca empurrou a mesa que os protegia das labaredas que lambiam e dissolviam as paredes do escritório contra o batente. *Seu idiota!* Juca tentou mais uma vez e a madeira pesada, agora também em chamas, teve o mesmo resultado: a mesa que os protegia também os prendia ali, encurralados!

Juca tentou então um último gesto. Deixando a mesa tombar para trás, torcendo para ela levar consigo as chamas que os fustigavam, ele puxou Cassandra e jogou-se com ela corredor afora.

O ar, mesmo esfumaçado, era bem vindo. Ambos se arrastavam, tentando sair do alcance do fogo. Ao se recuperar minimamente, Juca foi em direção a Silva, para ver se o homem estava bem. Este, horrorizado, fitava as chamas que a porta do escritório vomitava.

Juca ficara aliviado pelo restante da Gouvêa ter sido poupado. No saguão, todos os funcionários estavam perplexos e atônitos, sendo que muitos haviam fugido porta afora quando ouviram a explosão.

Cassandra, que tentara seguir Juca, agora caíra, com as mãos desesperadas tentando apagar as chamas que flagelavam suas pernas, quase chegando à sua cintura.

Juca, que sofria o mesmo, ignorou a dor e correu para uma das cortinas do grande saguão. Com violência e desespero, arrancou-as, fazendo toda a estrutura de madeira que a segurava vir abaixo. *Continue em movimento!*

Correndo agora com o tecido em mãos e as chamas subindo pelo corpo, ele enrolou a cortina atrás de si, como uma capa, e se jogou sobre Cassandra, cujo olhar apavorado e lagrimejante agora fundia ódio, desespero e medo. Forçando o corpo da mulher a ficar sob o seu, com chamas mesclando-se a chamas, ele usou sua última fagulha de energia e conseguiu rolar seus corpos três vezes, envolvendo ambos no cortinado e fazendo o fogo consumir a si próprio.

Em segundos, as labaredas foram embora, sendo substituídas por um sem número de fiapos de fumaça que subiam das feridas e da carne chamuscada.

Aquilo que o fogo não tinha devorado, marcara, tornando tanto Juca quanto Cassandra quase vítimas de seus dedos ígneos. Outros funcionários, motivados pelo que viram de Juca, traziam cortinas e tecidos umedecidos para tentar acabar com as chamas do escritório, na tentativa de impedir que o fogo se alastrasse pelo resto do prédio.

Em minutos, a carroça pipa dos bombeiros robóticos chegou e também uma junta de médicos humanos. Os dois foram retirados por eles da Gouvêa e o ar puro da Pauliceia os confortou, fazendo seus pulmões voltarem a funcionar.

Os repórteres chegaram logo depois, e Juca observou dois deles tirarem suas máquinas fotográficas para registrar o atentado. Quando um deles furou o bloqueio policial e se aproximou de Cassandra para obter da quase vítima um pronunciamento, Juca pulou da sua maca e empurrou o homem.

Um policial o retirou do perímetro e repreendeu Juca pela violência. Mas vendo o que aconteceu, apenas ordenou a outro militar que os levassem logo para o interior da carruagem médica. Dentro dela, os dois receberam os curativos urgentes, com unguentos sendo depositados nas queimaduras mais graves.

Silva, tossindo, disse a Cassandra que ele cuidaria de tudo e que ela deveria seguir para o hospital. Antes que a portinhola fosse fechada por um dos médicos, o contador olhou para Juca e o agradeceu. Juca assentiu e então voltou ao território da sua dor, que foi intensificada quando a carruagem se colocou em movimento.

Quando seus olhos buscaram o rosto de Cassandra para ver como ela estava, entre a dor e o ódio que faziam seu coração pulsar de revolta, não pôde deixar de notar que Cassandra sorria, com seu costumeiro olhar altivo.

— Sério que você está sorrindo? Mesmo depois de quase virarmos espetinho?

Cassandra olhou para ele com ternura, fazendo as defesas de Juca mais uma vez despencarem vencidas e a dor parecer quase suportável.

— Eu estou feliz por estar viva, Juca, e por você estar ao meu lado. Você foi formidável! — Cassandra levou sua mão enfaixada à mão dele. — Muito obrigada por ter passado por este literal teste de fogo!

Juca, orgulhoso de si, apesar de ainda assustado, devolveu a ela um "não há de quê". Agora, Cassandra voltava ao encosto da carruagem e mirava a paisagem.

— Além disso, tivemos outro presente: meus inimigos mostraram sua cara e seu nome. E seu fracasso em acabar comigo através dessa insanidade só faz com que meu plano avance.

— Plano? Qual plano?

Cassandra não respondeu. Apenas substituiu o terno olhar de carinho e gratidão que havia dedicado a ele por outro, este tingido de ameaça e vingança.

Eram os olhos de uma pantera antes de saciar sua fome de carne e sangue. Os sedativos que os médicos deram a Juca começavam a fazer efeito, fazendo-o questionar os limites entre a realidade que vira e o que ele mesmo criara no cenário sombrio de sua imaginação.

Tinha apenas uma certeza, que emparelhava com um único medo: o de deixar-se contaminar pelo mesmo apetite de Cassandra Gouvêa.

V

Como pôde perder a magia?! — diz o mestre amigo.
Pasma, a turba grita com violência, exige martírio.
Como pode um mago perder sua arma?
Ele agora brada de novo, sem perder a calma:
— Ignore a prisão, deixe de lado as correntes.
Isso é difícil? Sim! Pois magia, não é pra toda a gente!
— Sim, eu sei — diz o jovem adormecido,
Que acabara de quase morrer em meio a fogo vivo.
— És um guerreiro ilustre, um grande valente,
Apesar de teres perdido o que era premente.
Nem mais sofres o passado ou tua natureza,
Teu espírito divino, tua incomum realeza.
Tu deves chorar, pois esvaziaste tua força.
Cuidado ou findarás no alto da forca!

SEDADO, O CORPO DE JUCA DORMIA, MAS ELE SEGUIA acordado em outro lugar.

Estava diante de seu mestre e professor e o ambiente era-lhe reconhecível: o destruído Orfanato das Sombras. A última vez que Juca viu seu mestre, ele próprio tinha doze anos. Mas agora, no sonho, era seu eu adulto que encontrava o homem que lhe ensinara os segredos da magia.

O mago era um homem de meia idade, com cabelos curtos e sem barba. Em seus tristes olhos indígenas, ínfimos pontos de luz flutuavam na escuridão.

— Foi por muito pouco, Juca.

— Sim, como nas outras vezes em que me dei mal — respondeu, não atentando à estranheza do improvável encontro, mesmo nos voláteis territórios do sonho.

— Não, Juca. Essa trama não tem nada a ver com as outras e você sabe disso — devolveu o homem, enquanto aspirava a doce fumaça que subia do incensário.

— Eu não o vejo há anos. O senhor ainda está vivo?

— O estar vivo é relativo. Num nível humano, material e corpóreo, não. Num nível molecular e astral, sim, há milênios, e por milênios estarei ainda aqui.

— Sinto sua falta, mestre.
— Você sente falta do ar?
Juca nunca sabia se amava ou detestava aquele modo ambíguo de falar.
— Não, não sinto. Mas o ar está aqui. O senhor, não.
— Eu sou como o ar, Juca. Estou aqui, ao seu redor, dentro de você, com você.
Depois do silêncio, enquanto tentava absorver as palavras de Mortez, Juca lembrou-se de Cassandra e do incêndio, bem como do cheiro de sua pele queimando.
— Mestre, me perdoe, mas neste momento eu preciso de algo mais concreto. Há algo que o senhor possa me falar? Há algum auxílio além do papo furado místico?
— Não posso dar respostas a perguntas que você não fez.
— Hum... então tá. Vamos lá: Petrônio Gouvêa está vivo?
— Sim.
— Quem o raptou? Os Maçons?
— Sim e não.
— E onde ele está aprisionado?
— Você não está prestando atenção às suas perguntas, nem às minhas respostas. Repense-as.
— Cassandra Gouvêa é culpada?
— A filha da serpente sabe tudo e nada do filhote de lobo.
— Por favor, mestre, não temos tempo para lero-lero! — Juca perdia a paciência, sobretudo por intuir que seu tempo estava esgotando. Nas costas da mão direita, ele viu bolhas de queimadura surgirem e arderem.
— Tempo é a única coisa que temos, Juca. Você não escuta o seu coração?
— Como assim, mestre?
Pouco a pouco, a imagem do mestre começou a se dissolver, com sua forma física se mesclando à fumaça que subia do incenso. Juca tentou agarrá-lo com seus dedos em chamas, mas a dor era insuportável.
— *Como assim?*
— Como assim o quê? — Perguntou Cecília Gouvêa, sentada ao lado da cama.

O homem abriu os olhos e demorou alguns segundos para entender quem era, onde estava e a identidade da jovem à sua frente. Até então, Juca não tinha visto Cecília em trajes normais, apenas no costumeiro camisolão de paciente que ela usava na casa, entre a sala, o quarto e a biblioteca. Agora, ela usava um vestido preto rendado, coberto de um casaco de cetim e de um chapéu. Na mão enluvada, uma sombrinha.

Juca, que até então apenas a tinha encarado como uma criança doente, agora se surpreendia com a imagem daquela jovem mulher. Era bom vê-la fora de casa, longe dos remédios e da cama. Sem dar-se conta, ele levou a mão esquerda até a direita, que doía mais que outras partes de seu corpo. Suas duas mãos estavam enfaixadas.

— Me perdoe — disse ela. Juca a ignorou, tentando colocar-se de pé e rapidamente sentindo os efeitos do que tinha sofrido no dia anterior. — É que você estava falando sozinho e suando, e daí pensei que poderia ser melhor se eu o acordasse do seu sonho.

— Era mais um pesadelo que um sonho. Estava diante de um velho amigo... que hoje está morto e enterrado.

— Você é um livro aberto, sabia disso?

Juca sorriu das palavras de Cecília, prestando atenção ao seu rosto. Ela tinha os mesmos traços de Cassandra, mas sua face era mais fina e os lábios, mais delicados.

— Como assim?

— No meu mundo, Juca, as pessoas nunca falam o que pensam. Sempre escondem seus pensamentos e cada gesto ou palavra tem uma segunda intenção, quando não uma terceira. No seu caso, é meio que conversar por telepatia. Você não esconde nada.

— Não sei se sou tão transparente assim, mas aceito suas palavras — disse ele. Juca concentrou-se em observá-la, tentando entender quem era ela e qual seu papel em um drama tão singular.

Por que diabos eles a estão sedando? O que ela poderia esconder... ou revelar?

— Não gosto quando me olham assim, com piedade — encurtou Cecília, levemente ríspida. — É o que os médicos sempre fazem, o que meu pai sempre fazia, o que Cassandra...

Num átimo, Juca lembrou de Cassandra.

— E sua irmã, como está?

Cecília lhe lançou um olhar de decepção, antes de responder:
— Ela está bem. Está no quarto ao lado, recebendo uma visita bem interessante.
— De quem você está falando?
— Do senhor Sebastião Medeiros.
— O quê? — De súbito, Juca pulou da cama, sem dar-se conta do camisolão hospitalar que estava usando. Este não revelava apenas seu corpo, cicatrizes e tatuagens, como também a coleção de curativos que havia recebido desde que chegara ali.
— Juca! O que você vai fazer? — Perguntou Cecília.
— Cassandra corre perigo. Ele é um dos homens que... que.... — Juca não sabia exatamente o que poderia contar a Cecília. Então, decidiu apenas encurtar a conversa. — Me perdoe, mas preciso ver se sua irmã está bem.

Quando Juca deixou o quarto com violência, Cecília levantou-se e foi em direção à janela. Uma mistura de tristeza e decepção tomava seu rosto. Com uma voz calma e tranquila, quase sussurrada, ela disse para si própria.
— De fato, um livro completamente aberto.

Juca entrou no quarto de Cassandra estourando a porta.
— Cassandra? Você está bem?

Dentro do cômodo hospitalar, a mulher estava deitada e, perto dela, Medeiros, em pé, segurava um destoante ramalhete de flores.

A expressão de Cassandra foi de temor e ao mesmo tempo de surpresa. Já o mesmo não se poderia dizer da expressão repleta de ódio de Medeiros.

— O senhor pode ir embora, Senhor Medeiros — disse Cassandra subitamente. — E leve-as consigo. Eu detesto flores. Além do mais, não me surpreenderia se estivessem envenenadas.

Medeiros respirou fundo, deixou cair ao lado do corpo o ramalhete de orquídeas que havia trazido e ajustou sua postura, levantando levemente o queixo.

— Flores envenenadas? É uma bela imagem, minha cara. Não tão boa quanto veludo e correntes, mas igualmente aprazível.

Em outros tempos, Juca teria pulado sobre o pescoço de um patife como ele, mas o olhar de Cassandra comunicava silenciosamente que deveria se controlar.

— Você não escutou a senhorita? — Disse ele, contendo-se.

Agora, Medeiros voltava-se para Juca, estudando o homem mais uma vez, como se cada traço ou detalhe de sua constituição fosse analisado por um frio olhar de escrutínio.

— Olhe só: Ele fala! Meus parabéns, Cassandra, este jovem de fato é um achado — disse Medeiros, dando dois passos em direção a Juca, como um tigre farejando sua presa. — Eu o saúdo, Senhor Juca Pirama, por sua coragem e valentia. Deve ter sido um grande desafio sair vivo daquele reino de chamas. Pelo visto, o senhor está fazendo valer cada um dos réis que Cassandra está lhe pagando.

— O senhor ainda não viu nada! — Disse Juca, dando também dois passos em direção a ele e fazendo questão de ficar face a face com o homem.

— Ah, mas verei. Até o final deste drama, certamente verei — disse Medeiros, agora colocando a sua cartola e circundando Juca. — Como disse antes, Cassandra, fico feliz que esteja bem. De minha parte, farei o máximo para trazer os culpados à luz da justiça. — *Quem esse canalha acha que engana?* — Deixo-vos desejando uma rápida e tranquila recuperação. A ambos.

Medeiros abandonou o quarto, levando as flores, mas deixando uma pesada atmosfera de ameaça. Cassandra tentou desanuviar a cena sorrindo e chamando Juca com uma de suas mãos enfaixadas. Este deu dois passos em sua direção e puxou uma cadeira, ficando ao lado da cama.

— Muito obrigada por vir em meu socorro, Juca. Nem mesmo doente você deixa de cumprir o seu contrato!

— Especialmente quando incluem serviços noturnos e escritórios em chamas.

Os dois riram por um minuto, mas, logo depois, silenciaram. Cassandra estava nervosa e fisicamente combalida. Ela havia aspirado mais fumaça do que Juca e em seu corpo, supunha ele, devia haver o mesmo número de curativos, senão mais.

— Quando Cecília me disse que esse sujeito estava aqui...

— Cecília? Cecília está aqui?

— Sim, foi ela que me acordou e...

— Como ela conseguiu deixar a casa? — Agora a postura de Cassandra mudava, fazendo menção de se levantar. Foi quando o médico chegou e, encontrando os dois pacientes, ordenou a Juca que retornasse ao seu quarto.

— Doutor, dê-me dois minutos com meu funcionário.

O médico obedeceu, não havendo no tom de voz da paciente qualquer espaço para negociação. Cassandra bateu em seu colchão, sugerindo a Juca que ele se sentasse perto dela. Ambos cheiravam a fumaça, remédios e bandagens.

— Juca, como você está?

— Queimado! — Cassandra dessa vez não riu. — Falando sério, estou machucado, mas em condições de sair desse hospital, caso você precise de algo.

Cassandra pensou um pouco, primeiro desviando dos olhos de Juca para o teto e janelas, como se sua visão felina estivesse em busca de uma solução.

— Sim, preciso. Cuide de Cecília. Lembre-se do assassino noturno. Ela não deveria estar aqui. Por favor, leve-a para casa. Agora. E não permita que ela deixe o casarão em hipótese alguma.

Juca estranhou a urgência do pedido, mas, ao revisar os últimos eventos, concordou com ela.

— Mas, Cassandra, quem cuidará de você?

— Fique tranquilo. Silva está vindo com a polícia e mais alguns seguranças. Eu não corro perigo aqui. Mas temo que nossos inimigos, agora que falharam em seu intento, graças a você — Cassandra segurou a mão de Juca quando disse isso. —, possam rapidamente se reorganizar e contra-atacar. Cecília é um alvo fácil, entende?

Juca assentiu e disse que faria o que ela lhe pedia.

— Eu terei alta ainda hoje ou no máximo amanhã. É o máximo que eu posso aguentar em um cemitério de vivos como este — Juca riu da expressão, dividindo com ela a mesma opinião. — Encontrarei vocês em casa e daí, decidiremos o que fazer.

Ele levantou-se, sabendo que não haveria tempo a perder.

— E Juca — adicionou ela, não escondendo outras intenções —, não preste atenção ao que Cecília disser. Como já dever ter percebido, ela nunca está em seu juízo normal.

Juca, que estava prestes a deixar o quarto, voltou seu olhar para ela e assentiu, mas de modo a comunicar que não concordava inteiramente com aquilo.

— Cassandra, eu não quero me meter em assuntos de família, mas é compreensível que alguém não esteja em seu juízo normal quando se é medicado e amarrado a uma cama.

— Entendo sua crítica, Juca. Mas você ainda não tem total conhecimento dos fatos.

— E um dia terei?

— Sim, muito em breve. Isso eu prometo.

Quando Juca saiu do quarto de Cassandra, Cecília deixava o seu. Dando-lhe as costas, ela deu três passos pelo longo corredor.

— Cecília, por favor, espere.

A jovem parou, respirou fundo e então voltou em sua direção.

— Vou me vestir e então levarei você para casa. Eu... acabei de ter alta — disse ele, sorrindo e tentando acalmá-la.

A moça o encarou, nitidamente irritada.

— Alta? Sei. Eu não preciso de um guia para me levar para casa, Senhor Juca. Deixe que, ao menos nisso, eu cuide de mim mesma — e seguiu seu caminho.

Juca olhou para a menina, cogitando como seria estar em seu lugar: amarrada e silenciada, subjugada a adultos e aos seus jogos de poder e luxúria.

— E quanto a um guia por São Paulo dos Transeuntes Apressados? Disso a senhorita precisaria?

Cecília estacou e se virou para ele, encontrando no rosto de Juca seu melhor sorriso. Pouco a pouco, sua face de irritação deu lugar a um sorriso que iluminou parcialmente o corredor sombrio. Era a primeira vez que Juca via Cecília Gouvêa sorrir.

Em vinte minutos, os dois estavam no interior de uma carruagem alugada, em direção ao rio e ao mercado. Juca estava prestes a apresentar o seu mundo àquela menina.

Os dois estavam no alto da carruagem, com Juca indicando a Cecília prédios e casas, parques e ruas, todo o conjunto de coisas que ele conhecia daquela cidade monstruosa e caótica, atraente e infinita.

— São Paulo é cortada em duas pelo Thamanduateí, um afluente do Thyetê. De um lado, temos as regiões do Desconsolo, Liberdades,

Sé e Cambusul, que desembocam no Triângulo Central, que é para onde vamos. Do outro lado, temos o Braz e a Meeca.

O olhar de Cecília mirava todos os lados, tentando absorver todas as informações. Fizeram bem em pegar uma carruagem aberta, para que ela pudesse ver a cidade e respirar o seu ar, tanto o puro quanto o fumacento. Aquilo também era São Paulo, pensava Juca, enquanto olhava para a felicidade desenhada no rosto de Cecília.

Tinha uns catorze anos, e era um crime que estivesse perdendo a melhor época da vida enclausurada no casarão sombrio.

— E aquele prédio, é o quê?
— A Pinacoteca do estado.
— E aquele outro ali?
— A Estação da Luz Escura, de onde partem e chegam trens para as maiores cidades do país.

Juca queria mostrar a Cecília todos os lugares que ele amava e dos quais ela não fazia ideia da existência, culminando em uma visita ao movimentado Triângulo. Juca estava prestes a levar uma das maiores herdeiras do Brasil aos antros que formavam sua casa, na companhia de carregadores, verdureiros, pescadores, marafonas, gaiteiros e ambulantes. Em resumo, os gaiatos de rua que eram sua família.

Desceram da carroça no final da São José, pois Juca queria mostrar a Cecília as redondezas do Anhangabaú, na intersecção entre Santa Afrogênia, Desconsolo e Liberdades. Seu destino era o Mercado Velho, para que Cecília pudesse finalmente conhecer o rio.

Eles pararam num bar e Juca comprou um suco de cambucy para os dois. Enquanto bebiam, passaram duas moças na lida da vida.

— Não reconhece mais as amigas, Juca Pirama? — Salpicou uma delas, enquanto a outra completou:

— Agora não. Ele virou gente rica e só anda com grã-fino!

— Que nada, senhoras! — Disse Juca, tirando o chapéu para as damas noturnas cujos lençóis e abraços ele conhecia tão bem.

Cecília riu.

— Você tem uma bela fama nessa região, não é mesmo?

Juca deu de ombros e vendo que Cecília tinha terminado seu refresco, convidou-a a continuarem. Ao redor deles, o burburinho era intenso, apesar de ainda ser início da tarde e estarem longe das saídas das fábricas. Mesmo assim, era um enxame de homens, mulheres e crianças, que passavam de um canto a outro, enchendo de vida a região e povoando calçadas e ruas. Nessas, bondes, carroças, carruagens e bicicletas dividiam espaços com os transeuntes. Em tal balbúrdia, quase não se via robóticos. Cecília sorvia as imagens, não sabendo se olhava para cima ou para baixo, para frente ou para trás.

— Como é viver aqui? — perguntou ela, continuando tão encantada, agora com as gentes, como estivera com as casas, prédios e ruas. Isso até seu olhar encontrar dois desabrigados, jogados na calçada com mãos estendidas e olhares famintos.

Ela parou e tirou da pequena bolsa alguns vinténs. Juca a convidou a seguirem. Ele, que se sentia bem mais feliz e livre naquelas quadras e redondezas do que os dias em que estivera nas cercanias dos Gouvêa, suspirou fundo antes de responder.

— É como viver num coração pulsante. Às vezes ele acelera, às vezes ele acalma. Em alguns dias, é amor o que você respira. Em outros, puro ódio ou simples enfado, cansaço mesmo. Em algumas noites, há canções que o fazem rir e dançar. Em outras, há tragédias que o fazem chorar. E você vive e sente tudo isso. É assim que me sinto quando estou aqui, dormindo num hotelzinho de quinta, em quartos compartilhados, ou ainda, quando a grana aperta, deitado ao relento. Às vezes, você passa fome. Às vezes, você come até cansar. É como ser um indivíduo e ao mesmo tempo não, uma vez que o sofrimento de um é a sofrência de todos. Por outro lado, a alegria de um é também o contento de todo mundo.

Juca sentia-se inspirado ao falar da vida dispersa e intensa levada nas margens do rio que partia do Thyetê como um filho bastardo. Naqueles dias, o afluente corria o risco de sumir à medida que a cidade avançava sobre suas margens. Cecília o olhava com simpatia, como se invejasse todas aquelas histórias e sentimentos, rica como era de ouro e pobre de vida e amores.

— E para você, como é viver na mansão, cheia de criados, taças e robóticos? — Juca perguntou, na esperança de fazer Cecília falar de si própria.

— É frio. Apenas frio. — Mas antes que Juca se arrependesse da pergunta, ela seguiu. — Digo, a riqueza é uma coisa boa e eu seria hipócrita se dissesse algo diferente. Mas é como ter um passarinho. Você precisa cuidar, dar comida, vigiar para os gatos não chegarem perto. — Os dois pararam, com Juca estudando as reações do rosto de Cecília enquanto ela falava. — Agora, multiplique isso por mil passarinhos. Se você não tomar cuidado, só vive para cuidar deles ou para pagar as pessoas que vão cuidar deles. É assim que meu pai vivia e é como Cassandra vive. Eles não vivem para eles, sabe? Vivem para manter seu exército de passarinhos aprisionados.

Juca concordava com ela, e por mais que uma paixão crescente pela energia de Cassandra tomasse o seu peito, aquela era uma questão central também para ele. Livre como era, nunca conseguiria se submeter a qualquer confinamento. Ele se demorou olhando para Cecília, tentando inventar alguma coisa para animá-la.

— Que tal libertarmos alguns passarinhos?

Cecília demorou a entender a pergunta que ele lhe fazia e quando se deu conta, Juca já tinha dado as costas e se afastado.

— Venha — disse ele, agora correndo.

Ela correu atrás dele como podia, até que alguns metros a frente ele estacou diante dos arcos de uma antiga construção.

— Seja bem-vinda ao Mercado Velho!

Só agora Cecília viu que tinham chegado ao lugar prometido por Juca. Os arcos que protegiam dezenas de tendas e pequenos comércios informais pareciam não ter fim e Cecília demorou a compreender seus limites.

No meio da multidão, era um desafio não se perder. Ela nunca havia sentido tantos cheiros diferentes em um único lugar. Nem todos eram bons, mas avivavam seus sentidos de um modo que ela mal poderia compreender. Eram cheiros de frutas frescas, de peixes à venda, de couro curtido, de suores humanos, de cães molhados, de ervas para perfumes e temperos, além do inconfundível odor de café — talvez o único cheiro que Cecília conhecia bem.

— Mas vejam só! Quem tá vivo sempre se mostra, não é mesmo, Senhor Juca Pirama! — Disse um homem que vestia um desgastado quepe de estivador e uma surrada camisa embaixo de dois suspensórios improvisados com cordas. Ao redor dele, gaiolas e mais gaiolas aprisionavam uma grande variedade de aves, algumas menores, outras maiores, algumas brancas ou pretas e outras multicoloridas. Os preços variavam de acordo com a beleza dos pássaros. Foi neste momento que Cecília chegou e encostou ao lado de Juca.

— Em carne, osso e charme, Senhor Vereda! — Juca fez até questão de dar uma voltinha para se exibir. Mas esqueceu de que não estava em tão bom estado.

— E meio queimado, não é mesmo? — Disse o vendedor, prendendo as narinas com os dois dedos de forma teatral.

— A vida é fogo, seu Vereda! Fogo! — Respondeu ele, rindo. — Mas vamos aos negócios, Sr. Vereda, que a vida também é curta e o tempo é escasso!

— Para que haja negócios, Sr. Juca, é preciso produtos e dinheiro. Eu tenho os primeiros. Quanto ao segundo... — Vereda fez cara de incrédulo, uma vez que conhecia a fama de mau pagador do Pirama.

— O que é isso, Seu Vereda, desconfiando de mim? Pois então veja! — Completou, tirando do bolso uma nota de dois réis e a sacudindo diante dos olhos brilhantes do homem. — Quantos desses bichinhos eu posso levar com esse módico valor, meu caro senhor?

Vereda, que há muito tempo não via uma nota tão alta, especialmente em tais tempos de refrega, ficou sem saber a resposta.

— Sem problema, Sr. Vereda. Depois o senhor me diz. Vou levar quatro pardais. O resto, eu fico de crédito com o senhor!

Juca pegou duas gaiolas, uma em cada mão, e pediu a Cecília que levasse outras duas. A menina, que pela primeira vez segurava uma gaiola, ficou se perguntando o que eles iriam fazer.

Juca atravessou o mercado, ignorando as pessoas que olhavam para ele, algumas apontando um dedo e sussurrando coisas que Cecília não conseguia escutar, enquanto outras apenas continuavam com seus afazeres. A menina foi rapidamente desviada para sua tarefa de levar as gaiolas. Dentro delas, os passarinhos assustados com o movimento batiam asas, e ela tentava acalmá-los com sua voz:

— Calma, passarinhos, calma.

Finalmente chegaram ao rio, que estava mais para um riacho. Nas suas margens, pequenos portos de madeira e outras construções avançavam sobre as águas. Apesar de não ser muito largo, em suas fortes correntes Cecília avistou barcos e também canoas. Pelo visto, as águas eram profundas, e nelas os pescadores, que se aventuravam às suas margens ou sobre elas, espalhavam caniços, anzóis e redes.

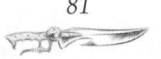

Juca sentou-se às margens enlameadas do Thamanduateí e pediu a Cecília para fazer o mesmo. Obviamente eles iriam sujar suas roupas, *mas quem se importava?*

— Preste atenção porque esta é uma experiência bem importante.

Cecília olhou para os dedos enfaixados de Juca que foram, de forma bem delicada e dramática, percorrendo toda a extensão da gaiola até chegarem à sua pequena portinhola. Assustado, o pássaro que estava lá dentro afastou-se, temendo ser capturado. Dando uma pausa, Juca apenas abriu a portinhola e afastou as duas mãos, comunicando a Cecília e ao passarinho que não faria nada. Cecília estava ansiosa para ver o animal escapar e voar para a liberdade...

Para sua surpresa, porém, ele não fez isso, continuando no mesmo ponto em que antes se encontrava. Quando Cecília olhou para Juca, ele a estava mirando.

— Eles são assim, querida. Ficam tanto tempo aprisionados que quando a liberdade lhes é dada, levam tempo a aceitá-la.

Cecília não sabia se ele estava falando dele próprio, dos passarinhos enjaulados ou dela, mas ficou pensando em suas palavras.

— Agora, faça uma coisa: pegue as outras gaiolas, coloque-as ao lado da primeira e abra as portinhas na mesma direção. — Ela fez isso, com muito cuidado para não assustar ainda mais os pássaros. O resultado foi o mesmo: nenhum neles voou.

Até que, em alguns minutos, um deles se aproximou da portinhola, para a surpresa e atenção dos outros três que permaneciam estáticos. Um minuto mais tarde, pulou sobre a moldura da grade e se certificou de que não havia qualquer ameaça. Agora tranquilo, saltou para fora, abrindo as asinhas enferrujadas e voando para o céu. Enquanto Cecília ainda olhava para ele, os outros três o seguiram.

— Talvez formem uma gangue de pássaros libertos — disse Juca. — Você viu? Por mais temerosos que possam ser, sempre seguem o exemplo dos mais corajosos. Costumo fazer isso uma vez por semana, quando tenho dinheiro, claro. Me ajuda a lembrar de quem sou e do que quero na vida.

Cecília ficou olhando para Juca e então deixou seu olhar se perder no fluxo do rio, sem saber se desejava voltar à sua casa, agora que sua prisão havia sido exposta, agora que sua vida entre correntes e jaulas parecia ainda mais sufocante. Quando a porta de sua gaiola fosse aberta, teria coragem de estender suas próprias asas enferrujadas?

Essa era a pergunta com a qual ela teria de lidar dali em frente.

Quando Cecília se deu conta, estavam cercados por crianças.

Ela se levantou assustada, pois eles, além de sujos e mal-encarados, estavam todos com expressão de raiva.

— Juca? — Falou ela, sem tirar os olhos dos meninos e meninas.

Ele demorou a desviar sua atenção do rio, até virar-se e também se levantar.

— Não fique preocupada, Cecília, são meus amigos...

Antes que Juca pudesse terminar a sentença, a primeira pedra lhe atingiu a testa, cortando levemente sua pele.

— Seu traidor — disse um deles.

— A culpa é sua — disse uma menina, jogando outra pedra, que caiu aos seus pés.

Aquelas duas pedras foram seguidas de outras dez, todas direcionadas ao homem que dias antes havia defendido as mesmas crianças do abuso de Tonico Porcaria.

O que aconteceu?

Enquanto tentava desviar da saraivada, Juca se afastou de Cecília, para que ela não fosse atingida pela artilharia.

— Mas o que é isso? O que vocês estão fazendo?!

Outras três pedras o atingiram, mas foram as últimas. Juca foi em direção dos pequenos atacantes com irritação, e então o grupo foi pouco a pouco se dispersando.

Ele conseguiu agarrar um deles: José Maria.

— Zé, o que houve?! Por que vocês estão me jogando pedra?

— Cê não sabe?! — Disse o menino, cuspindo em seu rosto e se contorcendo para ficar livre do braço de Juca. Este, que nunca havia prendido qualquer criança, o soltou.

— Zé! Não faz assim! Eu não sei de nada! Eu juro — disse Juca, enxugando o cuspe do menino com a manga do casaco. — Me diz!

— Cê não sabe então eu vô te dizê: o Marcelinho foi assassinado!

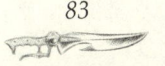

VI

— Isso não pode ser... onde ele está?
— Já te disse, Juca. Encontraram ele lá!
Boiando ao lado dos barcos e canoas.
Foi um peixeiro que viu, colado na proa.

— Mas eu queria ajudar, eu queria...
— Querer, Juca, não é de qualquer serventia!
Tardaste muito! O sol e a lua chegaram,
E o nosso amigo eles arruinaram.

— Sim, demorei-me a andar sem rumo,
Perdi-me nesses prédios sem prumo...
— Agora o tempo se foi e ele tá morto.
E Deus nem aí pra esse mundo torto!

AS PALAVRAS CRAVARAM UM PUNHAL DE PEDRA NO coração de Juca Pirama, produzindo fissuras para as quais ele não tinha qualquer proteção. Zé Maria continuou:

— Pescaram o corpo antes de ontem, depois do teu pega e enrosca com o Porcaria. E quem cê acha que foi o responsável? — A expressão facial de Juca, seu olhar de desalento e surpresa comunicaram ao menino que ele de fato não sabia de nada. Mas isso não o impediu de continuar. — Diz, Juca! Quem foi o responsável?!

Juca olhou para o menino com os olhos transbordando de tristeza e desalento.

— Eu, Zé Maria... eu fui o responsável.

José Maria, acostumado como estava a ver adultos fugirem ou negarem sua responsabilidade, ficou por instantes sem responder, para então arrematar sua raiva.

— Vou dizê uma coisa pra tu: fica longe de nóis! A gente não precisa de adulto que se faz de amigo e depois abandona a gente. Então, vê se some. Agora nóis vamô lá, juntar os vinténs pra pagá o Porcaria. Assim, ele não mata mais ninguém.

As pernas de Juca cederem e ele caiu de joelhos sobre a lama, enquanto o menino dava as costas e seguia sua sina.

Judiaria dançando com as outras crianças enquanto ele tocava sua gaita.

Judiaria rindo de seus truques com cartas e moedas.

Judiaria contando a ele que nunca conhecera sua mãe.

Judiaria boiando sobre a superfície do rio.

As cenas se sucediam com violência e rapidez na consciência de Juca, enquanto as lágrimas continuavam a transbordar de seus olhos. Era tudo culpa sua.

Cecília se aproximou dele e, não se importando com o vestido, se ajoelhou atrás dele e abraçou seu corpo, como se pudesse consolá-lo.

— Vamos embora, Juca. Não há mais o que fazer aqui.

Juca levantou o rosto e enxugou as lágrimas. Respirou fundo e, em seus olhos, a tristeza e a dor pela vida de Marcelinho Judiaria foram substituídas pela fúria de um lobo encurralado.

— Ah, minha querida... — falou ele, consumido pelo ódio. — É justamente aí que você se engana.

Juca levantou-se e deixou Cecília para trás. Esta rapidamente seguiu atrás dele, temendo pelo desenlace daquela tragédia. O homem passou pelos altos arcos do mercado olhando para os lados, como uma fera caçando uma presa. Para diferentes pessoas ele perguntava pelo homem chamado Tonico Porcaria, sem obter qualquer resposta.

Cecília viu nos olhares dos peixeiros, verdureiros e carregadores o mesmo olhar triste que ela vislumbrara nas faces das crianças que o atacaram. Ela não fazia ideia de quem era esse tal de Tonico, mas o medo insuflado por ele era palpável. Que tipo de homem levaria uma criança à morte para se vingar ou intimidar outros? Que tipo de crápula usaria a morte de um infante como moeda de troca para suas ameaças?

Foi quando Juca parou no meio do mercado, respirando fundo e ao mesmo tempo bufando, como uma fera selvagem e faminta que ficara anos aprisionada e que depois de solta não impunha limites à sua ferocidade.

— Tonico! — Gritou ele uma vez e então uma segunda, levando o mercado inteiro ao silêncio. — Tonico!

Cecília estacou diante da cena, com medo do que veria a seguir.

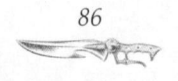

Uma estrela de ódio puro explodia dentro de Juca Pirama, fazendo com que suas roupas chamuscadas, as feridas da batalha de fogo e os curativos recentes não significassem nada. Transpassado pela fúria, seus gritos no meio do mercado produziram um silêncio sepulcral.

— Tonico, seja homem e venha me enfrentar! — O povaréu ali presente, tanto vendedores quanto compradores, começou a se entreolhar e a cochichar, temendo o pior. Algumas idosas deixaram o mercado, assustadas, enquanto alguns dos meninos que acusaram Juca vieram correndo para ver o que iria acontecer.

— To-ni-co!

Foi quando Cecília escutou um soturno e pequeno "eu estou aqui", fazendo todos se movimentarem e encararem a origem do sussurro. Ela não conseguiu ver nada, a não ser alguns homens que vieram em direção a Juca, dois deles vestindo farda policial. Quando se aproximaram, Cecília finalmente pôde ver atrás deles o homem que todos ali conheciam como Tonico Porcaria. O miserável não passava de um nanico covarde.

— Eu estou aqui, Juca Pirama. Ao seu dispor! — Disse o homem, com o queixo levantado e a petulância dos que precisam de ajuda para resolver seus assuntos.

— Por que, Tonico? — Disse Juca, não escondendo sua tristeza. O tom de ódio dera lugar ao som engasgado do choro. Cecília não parava de se surpreender com os diversos matizes de personalidade que formavam aquele homem. — O Marcelinho... ele....

— Ah... você tá falando do afogadinho? Mas Juca, meu filho, não tenho nada a ver com isso — disse sorrindo o nanico. — Afinal, moleques de rua são assim mesmo... não sabem nadar!

Antes que Cecília pudesse dar-se conta do que estava prestes a acontecer, Juca pulou sobre o homem, ignorando que ele estava protegido por um pequeno batalhão. Em sua mão, um punhal brilhava no pátio do mercado, espelhando o brilho assassino de seus olhos. Cecília não sabia de onde a arma surgira e como ou quando ele a empunhara, mas seu movimento deixava clara sua vontade.

Juca tentou atacar uma vez, e então outra, e ainda mais uma, mas vez após vez era impedido pela muralha dos capangas. Cecília contou seis deles.

Mudando sua estratégia, Juca então se afastou e ordenou que eles viessem enfrentá-lo. Em seu estado, aquilo era suicídio. Dois deles foram em sua direção e rapidamente o prenderam, retirando seu punhal e socando-o no estômago. Ignorando a dor, ele nocauteou os dois, arrancando-lhes sangue e dentes, com uma violência que assustou não apenas a jovem Gouvêa, que nunca sonhara com uma cena semelhante, como também o populacho do mercado.

Quando o terceiro homem se aproximou, Juca chutou seu rosto e depois deu um pontapé em sua costela, levando todos a ouvirem o som de ossos partindo. Foi quando os outros três homens pularam sobre ele, com um dos milicianos vindo logo atrás. O segundo ficou ao lado de Tonico, que assistia à cena sorrindo.

Juca recebeu os primeiros socos indiferente, com seus olhos fuzilando o nanico, e chegou até a revidar. Foi quando recebeu a primeira paulada do cassetete do miliciano na têmpora esquerda, tonteando em seguida.

Cecília gritou, indo em direção ao massacre iminente, mas não conseguiu impedir o segundo golpe, que deixou Juca de joelhos. Em seu olhar, ela pôde ainda vislumbrar a fusão de dor, tristeza e ódio, tudo refundido na caldeira fervente do seu coração.

Entregue aos efeitos daquela violência desigual e com os braços tombados, os homens começaram a trabalhar nele, distribuindo chutes e socos em diferentes lugares do seu corpo.

Primeiro eles pisaram nos braços, que tentavam se proteger dos chutes e pancadas. Com eles inutilizados, o peito, o estômago e também o rosto de Juca receberam os golpes, alguns o atingindo em cheio.

Cecília tentou ir em sua direção, determinada a impedir o massacre, mas foi impedida de se aproximar por um terceiro militar, que ela não tinha visto chegar.

— Senhorita, por favor, não se aproxime. Ele é um criminoso procurado.

— Solte-me, seu merda! — Gritou, acostumada como estava a ser feita prisioneira. — Procurado pelo quê? Qual crime?

— Atentar contra a saúde do Sr. Tonico, difamação pública e impropérios morais de baixo calão. Há três ordens de prisão para ele.

— Então o prendam, droga! — Gritou Cecília, apontando para a execução, enquanto o homem que um dia fora Juca Pirama tornava-se, golpe após golpe, chute após chute, uma massa disforme de empapada carne humana.

— Faremos isso — disse o guarda, sorrindo, e se colocando entre ela e o espancamento. — Mas antes, vamos dar uma amaciada no meliante, pois ele é violento, como a senhorita acabou de ver. Ele até puxou uma faca...

Cecília tentou ainda duas vezes se aproximar, sendo sempre repelida.

Quando terminaram com ele, Juca estava desmontado no meio do mercado, com o sangue escorrendo dos múltiplos ferimentos, tanto os antigos quanto os novos. Um dos olhos estava fechado, os lábios rasgados pelos golpes e várias partes de seu corpo estariam avariadas por dias, senão por semanas. Sua cartola amassada jazia a alguns metros dali e seu casaco agora não passava de um farrapo ensanguentado.

Cecília começou a chorar, não sabendo o que fazer. O povo, antes assustado, agora se mostrava revoltado diante de tamanha covardia. Quanto às crianças, foram embora, pois não queriam prantear mais uma morte.

Em minutos, o corpo de Juca Pirama foi retirado por dois dos capangas de Tonico e jogado na traseira da carruagem camburão, que então se colocou em movimento com os três milicianos em cima dela. Antes de irem, porém, Tonico tirou do bolso um maço de réis e pagou os militares pelo eficiente serviço.

Cecília testemunhou a cena com nojo. Tal era a lei praticada naquele país? Olhando para o lado, e sem saber o que fazer, ela concentrou-se em um passo inicial, tentando respirar fundo e se acalmar. Enxugou as lágrimas na gola do casaco e foi em direção à amassada cartola de Juca, juntando-a do chão de terra batida.

Parada no meio do mercado, que pouco a pouco voltava à sua movimentação, como se já estivesse acostumado ao sangue derramado em meio à sua praça, Cecília era a imagem do desalento. Uma jovem pálida e triste, com o rosto marcado de lágrimas, segurando uma velha cartola que um dia pertencera a alguém que fora gentil com ela.

Do pouco que conhecia dele, Cecília sabia que Juca Pirama, mesmo sob duras penas, sobreviveria ao incêndio do dia anterior e também àquela execução covarde. Não sabia, porém, é se ele sobreviveria à perda da criança conhecida entre os comerciantes do Mercado Velho como Marcelinho Judiaria.

Juca acordou com o movimento do camburão policial.

Cada fração daquilo que ele reconhecia como seu corpo doía e latejava, a começar pela sua cabeça, onde mil demônios dançavam e berravam, todos ao mesmo tempo e em ritmo descompassado. Na sua pele, marcas de queimaduras agora se mesclavam a cortes, feridas e cisões — toda uma coletânea de ferimentos que faziam de seu corpo um território minado, uma terra desolada afligida por bombas, torpedos e outras armas.

Que vida é essa?

À frente dele, os dois milicos que haviam participado do espancamento — um deles não passava de um jovem cadete — riam e se cutucavam, fazendo gracejo do serviço.

Deus do céu... Marcelinho!

Ao dar-se conta das mãos e dos pés acorrentados ao solo da carruagem fechada, Juca deixou sua cabeça repousar. A batalha havia acabado e ele estava completamente subjugado, em seu corpo e em sua mente.

Não havia usado a cabeça e com isso colocara tudo a perder, tanto a segurança das Gouvêa como também a vingança contra Tonico pela morte do seu amigo. Fagulhas de Marcelinho correndo, rindo e roubando maçãs da banca do Junqueira se revezavam com as imagens do corpo boiando sobre as águas do rio.

Ele precisava escapar daquele camburão.

Ignorando a dor que assolava seu corpo, Juca olhou para a portinhola traseira da carruagem militar. Sobre ela, pesadas correntes unidas por um imenso cadeado.

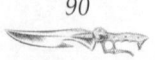

— Nem pense nisso, meliante! — Disse um dos guardas, vendo a movimentação de seu olhar em direção à desafiadora liberdade. — Além de ser impossível escapar, você não está querendo apanhar mais, não é? Mas se sim, teje à vontade! — E lhe aplicou outro chute em seu rosto, o qual Juca não pôde revidar.

Por esgotamento ou puro desespero, Juca deixou sua face derrotada e desolada repousar no chão do camburão.

Não há saída. Não para algo assim.

Quando a carruagem policial parou, ele deu-se conta que havia sido trazido para o bairro do Bexiga, onde ficava o presídio federal que Juca conhecia tão bem. Não era a primeira vez que ele era trazido àquele lugar e podia suspeitar quem o estaria esperando entre as suas paredes de pedra e ferro.

Ele foi retirado do camburão e tanto seus braços quanto suas pernas foram acorrentados. Depois de duas horas de espera, Juca foi fichado, suas correntes e roupas foram retiradas e ele recebeu um grosseiro e pesado uniforme de trabalho. Enquanto vestia a roupa imunda, cada gesto e movimento constituindo uma redescoberta tortura, ele ouviu os passos que reconheceu como os do Capitão Mello Bandeira.

— Nem vou lhe dar boas tardes, Sr.Pirama. — Juca permaneceu em silêncio, olhando para o homem franzino com cara de poucos amigos. Se não doesse tanto falar, teria soltado um "Bom ponto, Bandeira...", mas contentou-se em baixar a cabeça. O militar, vendo seu desalento, continuou. — Realmente não esperava vê-lo tão cedo.

Juca lembrou do sotaque carioca do oficial, que há anos vivia em São Paulo, mas cujo sonho era retornar à capital federal em breve.

— Nem eu. Nessa altura do campeonato, achei que já estivesse longe dessa cidade.

— Sim. Esse era meu desejo, mas os paulistanos refizeram seu pedido de reforços. São Paulo não é conhecida na federação como uma cidade das mais seguras. Homens como o senhor justificam essa fama! Os soldados acabaram de fazer o relato de sua conduta violenta e de resistência à prisão. Quando recebi a denúncia contra o senhor, lamentei, mas nunca poderia imaginar que reagiria à sua captura como um verdadeiro marginal.

— Não tenho nada a declarar, Bandeira. A história foi bem diferente, mas é a palavra deles contra a minha, não é? O nome deles contra o meu.

— Sim, exatamente. Vim aqui, na verdade, para tratar do seu depoimento. A razão da altercação com o Sr. Tonico... é o corpo infantil encontrado no Thamanduateí?

Juca olhou para o homem e o corrigiu.

— Marcelinho. O nome dele era Marcelinho. E sim, esse é o caso.

— Eu estava investigando essa morte e também outros óbitos infantis semelhantes. Nunca imaginei que o senhor iria tomar a justiça em suas mãos.

— Outras mortes? Mas que droga de país é esse?

— Eu sinceramente não tenho resposta para você, mas uma coisa garanto: enquanto cidadãos como o senhor continuarem tomando a justiça nas mãos e praticando atos como o de agora há pouco, nada mudará por estas terras.

Bandeira olhou para Juca por mais alguns instantes, não escondendo seu olhar de decepção.

— O senhor precisa de cuidados médicos?

Juca, com os lábios e os dentes cheios de sangue, olhou para o policial e falou com sua petulância característica:

— Não, meu senhor. Guarde os médicos para os doentes!

— Muito bem, então, Senhor Pirama — disse Bandeira, perdendo a paciência. — Devido ao seu comportamento perigoso, ficará em cela isolada até segunda ordem. Quanto às suas correntes... elas serão mantidas.

O homem deu as costas a Juca e voltou às suas funções longe dali. Depois de mais de três horas de espera, fome e dor, Juca foi finalmente encaminhando à cela onde, segundo o carcereiro, ele veria o sol nascer quadrado por anos.

Naquela noite, Juca demorou a dormir, temendo não conseguir ou então não querer acordar. Além disso, os gritos e berros dos demais prisioneiros, tanto das alas mais próximas quanto de outras mais afastadas, eram ininterruptos.

Mas foi com insistência que finalmente o sono veio, pesado, silencioso e acolhedor. Um sono sem sonhos, que ao menos não relembrou-lhe do quanto ele falhara com todos o que um dia confiaram nele.

No dia seguinte, Juca foi acordado primeiro pelo batalhão de dores, inchaços, cortes e ardências que faziam de seu corpo uma grande ferida, constituída de dezenas de outras.

Mas o que realmente avivou sua mente naquele manhã foram as passadas de Cassandra Gouvêa.

Quando ela se postou diante da cela, Juca viu que não estava sozinha, uma vez que o contador Silva a acompanhava. Enquanto este lhe deu o costumeiro olhar de condenação, ela, com seus próprios curativos à mostra por baixo da roupa formal, fitou-o sem nada dizer.

— Já teve alta? — Perguntou Juca, entre o barulho das correntes que prendiam suas mãos e seus pés ao chão. Ele reconhecia em sua própria voz o tom detestável dos miseráveis.

— Eu me dei alta, Juca, por força das circunstâncias. Afinal, minha irmã foi abandonada em meio ao caos do Mercado Velho e meu segurança foi detido pela polícia com severas acusações. Eu não tinha ordenado que levasse Cecília para casa? Você é surdo, estúpido ou incompetente, Juca Pirama?

— Pelo visto, os três, Cassandra — disse ele, tentando sorrir.

— E ainda por cima um comediante! Silva, tire o homem daí.

O homem tossiu e então começou a falar.

— Já tentei, Dona Gouvêa, mas as acusações são severas e não só por ontem. Fui informado pelo Capitão... — Silva procurou numa prancheta o nome do oficial — Mello Bandeira... que havia um mandado de prisão expedido para o senhor Pirama antes mesmo de ele começar a trabalhar para nós. Me perdoe, senhorita, eu deveria ter...

— Já entendi, Silva. Deixe-me a sós com ele.

Silva, mesmo a contragosto, saiu.

— E Cecília, ela está bem?

— Sim, está. Devidamente sedada para esquecer o sumiço do pai e a cena medonha que testemunhou ontem.

— Me perdoe, Cassandra. Foi um erro... um imenso e trágico erro. Eu não deveria ter levado Cecília ao Mercado..., mas quando descobri que...

— Não carece de dar-me explicações — disse ela friamente. Depois de um suspiro, ela retomou a fala, num tom de voz menos gélido. — Cecília contou-me tudo. Eu lamento pela criança. E pelo que fizeram com você.

— Eu também, especialmente por ter falhado com vocês duas.

— Farei o máximo para tirá-lo daqui, nem que seja subornando esses agentes da lei. Devo minha vida a você e temo pelo que está à frente.

Juca levantou-se e foi em direção às grades.

— Não tente suborno com Mello Bandeira. Aquele lá é um moralista de primeira.

Cassandra não se moveu um centímetro.

— Você colocou tudo a perder, Juca Pirama. Tudo. Você era meu trunfo, minha arma, minha chance de me defender dos miseráveis. Mas agora... você é um problema. Mais um numa vida repleta deles.

Dizendo isso, Cassandra lhe deu as costas.

Juca deixou a face despencar sobre o peito, tentando segurar a vontade de chorar e de gritar, mas impedido pelo pouco que restava de dignidade.

Depois de alguns passos, Cassandra estacou. O que estaria acontecendo dentro dela? A mulher retornou à cela e finalmente se aproximou das grades.

— Eu sinto muito, Juca. Não estou acostumada a me importar com as pessoas.

— Nem eu — disse ele, tentando não parecer nem emotivo, nem abalado.

Por que fazemos isso? Por que escondemos nossos desejos como se fossem crimes? Por que não dizemos às pessoas que importam — sempre tão poucas — o quanto elas são importantes? O quanto precisamos delas para viver, para continuar...

Juca, acostumado a perder na mesa de jogo e no vai e vem da vida, tanto ouro quanto pessoas, temia se apegar àquela mulher e também perdê-la, como tantas pessoas que ele já havia perdido. Cassandra encostou seus dedos nas mãos feridas de Juca. Por instantes os dois ficaram ali, imóveis, como se aquele toque fosse tudo o que precisassem.

— Silva terá minhas ordens e tentará tirar você daqui o quanto antes.

Juca assentiu e agradeceu. Ele precisava alertá-la de suas desconfianças sobre Silva, mas o que iria lhe dizer? Que ele tinha uma ilustração de um velho com um compasso parecida com o quadro no quarto de seu pai? Aquilo não passava de uma conjectura.

Cassandra agora partia, mas antes que seus passos silenciassem por completo, ele gritou seu nome, para logo depois lhe dizer:

— Tome cuidado, por favor.

— Eu sempre tomo... apenas nunca estive acostumada a alguém tomar por mim.

Aquelas últimas palavras sepultaram o alento que ainda queimava em Juca. Agora voltava à parede fria onde havia passado a noite e deixava seu corpo cair no chão imundo da cela.

O que ele poderia fazer? O que poderia ter feito? Juca revisava a sequência dos acontecimentos, desde a saída do hospital, o passeio com Cecília, a chegada ao mercado... até a morte de Marcelinho, afundando em um oceano de culpa e arrependimento. Juca tinha a experiência necessária para saber que não sairia dali tão cedo. Será que fugir seria uma opção? Naquele estado?

Ele poderia usar a magia...

Juca riu alto.

Era ridícula a ideia! Ele havia abandonado tal caminho e, em resposta, o poder que sempre queimou dentro dele também o abandonara. Perder tempo com aquele pensamento seria tolice. Ele censurou lembranças e pensou nos pais que o deixaram às portas do Orfanato das Sombras e no Mestre Mortez recebendo-o de braços abertos.

Fechando os olhos, lembrou-se de uma das últimas palavras de seu mestre, antes de o homem ser levado pelas forças positivistas e a escola ser fechada.

A magia nunca abandonará você, Juca. Nem eu.

Juca bateu com a cabeça na parede, revoltado com o mundo e consigo. Ele passou umas duas horas nesse percurso de autocondenação e ruminação, até a fome começar a bater. Ainda levaria uma hora para Bandeira chegar com um guarda e ordenar que suas correntes fossem retiradas.

— Espero não me arrepender dessa ordem, Juca.

— Você me conhece, Bandeira. Você realmente imagina que aqueles homens que ataquei não mereciam? — O policial não lhe deu resposta. — Mas fique tranquilo, eu não faria mal a ninguém por aqui. E agradeço o gesto: além das queimaduras e dos golpes, essas correntes são um pé no saco!

Os dois homens partiram, deixando Juca com os vergões dos braceletes. Após o almoço que lhe trouxeram — sopa fria e pão dormido, além de uma caneca de suco —, ele continuava cogitando o que viria a seguir.

Dias e dias de tédio, seu idiota. Com Tonico solto e Cassandra em perigo!

Foi quando escutou passos se aproximando. Por um breve instante, teve esperança de que fossem os passos de Silva e de que o escriturário de Cassandra viesse trazendo a sua soltura. Depois, imaginou que fosse Bandeira, com o velho tabuleiro de xadrez que os dois costumavam jogar, às vezes noite adentro, ele dentro da cela e o policial fora dela.

Quando, porém, os passos chegaram ao seu objetivo, tal não foi a surpresa de Juca ao ver diante de si o rosto odiento do Senhor Sebastião Medeiros!

Juca levantou-se de imediato, perguntando-se o que o maldito homem fazia ali.

— Bom dia, senhor Juca Pirama — disse o cavalheiro, com o casacão e a cartola ao lado. — Vejo que suas instalações são bem precárias.

— Por que você não vai tomar no traseiro? O que diabos você quer?

O homem avaliou o estado de Juca — tanto pelas roupas que ele usava quanto por seus ferimentos — e o presenteou com um desprezível olhar de pena. O ódio de Juca ferveu.

— Quanta grosseria, Senhor Pirama. Confesso que já tomei sim no traseiro e não considerei a experiência ao todo ruim. Ao contrário. Mas deixemos nossas predileções para outra ocasião e deixe-me dizer ao senhor as razões da minha visita. Primeiramente, vim dar ao senhor meus cumprimentos. Proteger Cassandra da dinamite e das chamas foi deveras um grande feito — devolveu-lhe, agora sorrindo. — Mas, infelizmente, como dizem por aí sobre pessoas de seu sangue, quem não faz porcaria na chegada...

Juca se aproximou das grades, torcendo para o verme dar mais dois passos em sua direção.

— Um infortúnio esse episódio com os policiais. Cassandra tinha grandes planos para o senhor. Mas a infelicidade dela é a minha alegria. O que nos leva à segunda razão da minha visita a este encardido estabelecimento. O senhor me ajudou, no final das contas. Não teria conseguido o que desejava sem o seu auxílio.

— O que você quer dizer com isso? — Perguntou Juca, agora inquieto.

— O que já estou dizendo, Sr. Pirama. Mas como o senhor parece-me meio lento ou está muito ferido, vou explicar. Tudo já foi sacramentado: Cassandra Gouvêa morrerá amanhã à noite, num ritual secreto que cumprirá um pacto de sangue entre mim e os demais integrantes da Maçonaria Rubra, além de liberar o caminho para assumirmos o comando da Gouvêa & Associados.

— Vocês nunca farão isso!

Medeiros riu alto.

— Guardas! Guardas!

— Ah, Sr. Pirama, sua ingenuidade é tocante. Acha mesmo que esses homens da justiça e da ordem já não foram devidamente comprados? Ademais, olhe-se num espelho! Ah, mas vocês não têm esses luxos por aqui, não é mesmo? Mas meu ponto é: quem iria acreditar no senhor? Por outro lado, quem não acreditaria em mim?

— Por que você está me contando tudo isso?

— Sinceramente? Por pura diversão. Como um homem do populacho, creio que o senhor aprecie histórias policiais, não? Falo desses folhetins vendidos nas mercearias. Uma confissão que lhe faço: também gosto deles. Especialmente quando os vilões contam seus planos maquiavélicos, revelam como levaram suas vítimas à morte ou como enganaram a polícia. Digamos que eu esteja tendo um momento desses agora.

— Seu filho da puta!

— Ah, sim, sou. Minha mãe certamente era. Qual mulher não é, no final das contas? Cassandra então... nem se fala! Paguei muito bem ao pai dela por uma noite em sua companhia. Apesar de não apreciar homens que contam seus casos em mesas de tavernas, devo confessar que a potranca da sua patroa valeu... cada... centavo!

O ódio de Juca incendiou o seu sangue. Tudo o que ele queria era por suas mãos no homem e dar-lhe uma lição. Mais que isso: queria fazê-lo engolir cada uma de suas palavras! Cada letra!

— Quando ela o contratou, eu estava bem descrente de que cumpriria seu papel. Mas o senhor me surpreendeu, mostrando-se um cãozinho de guarda bem eficiente, não apenas ajudando a dar cabo do homem que eu enviei para matar a irmã como também protegendo Cassandra da valise de explosivos. Admirável! Agora, infelizmente, ela terá de se virar de outro modo.

Juca não conseguia mais falar, apenas fulminá-lo com o olhar. De que valeria aquele ódio, estando ele confinado em uma prisão?

Droga nenhuma!

— Devo concordar consigo, Sr. Pirama. Por outro lado — disse Medeiros, tirando do seu bolso o relógio —, o meu tempo vale, e muito. Preciso deixá-lo. Aproveite as acomodações e o prazer de sua própria companhia. Não terá muito mais do que ela pelos próximos anos. Quanto a mim e aos meus irmãos, por outro lado, já começamos a preparar nossas armas. Afinal...

O homem deixou Juca e começou a caminhar, afastando-se da cela.

— Temos uma bela e selvagem pantera para capturar e sacrificar.

Juca explodiu em gritos, chamando pelos guardas, por Mello Bandeira, por qualquer pessoa que o pudesse socorrer. Não foi ouvido e mesmo que fosse, seus gritos seriam ignorados. Medeiros devia ter se certificado disso. Agora, ele colocava em dúvida até mesmo a honestidade de Bandeira, que a seus olhos sempre lhe pareceu incorruptível.

Seria possível? Que até ele a cidade de São Paulo houvesse corrompido?

Ferido, queimado e abandonado, Juca Pirama deixou seu corpo cair no meio da cela, com as lágrimas despencando de seus olhos sobre a pedra fria do piso.

Ele iria permitir aquilo? Iria deixar que aquele homem ignóbil cumprisse com sua palavra? Que sorte de homem ele seria se desistisse? Caso aceitasse sua condição, sua condenação, as grades que aprisionavam seu corpo e confinavam seu espírito?

Foi quando, no fundo de seu espírito inquieto e determinado, uma ideia surgiu.

Primeiro, como uma fagulha, depois como uma breve resolução. Minutos depois, com as lágrimas enxugadas e o olhar retomado pela fúria, a ideia tornou-se uma fria e definitiva decisão, que Juca abraçaria, indiferente do quanto lhe custasse.

A magia nunca me abandonará. Eu nunca a abandonarei. Assim como nunca abandonarei Cassandra e Cecília.

E dizendo essas palavras, Juca Pirama decidiu, para o seu próprio infortúnio, escapar daquela prisão.

VII

Por amor a uma triste ilusão,
Que cobrou um pesado quinhão,
Vós, forças cósmicas, sacros luzeiros,
Concedeis fogo a este prisioneiro.

Eu nunca fui vencido,
Nem tive meu poder vendido.
Nem por ouro nem por atos.
Só tenho a mim e o que eu trago.

Dentro, o espírito não maculado,
Entre grades e correntes confinado,
Deem-me luz antes que seja tarde,
Para levar justiça aos vis covardes.

Dê-me alguém que guie meus passos,
Pra que eu fuja inteiro, não aos pedaços.
Fecho então meus olhos às dores,
E espanto pra longe os temores!

A MAGIA COMEÇA EM NOSSA MENTE.
Juca ouvia as palavras de Alexander Mortez no interior do crânio e elas tinham a coloração dos vívidos dias de verão, com a luz das tardes sem fim, abaixo das árvores do pomar. Deitado sobre a grama verde e macia, o menino fitava o céu até o sol ir embora e as estrelas chegarem. Quantas vezes dormira ao relento, sendo acordado por seu mestre ou pelas canções dos ventos?

A magia é uma força. Um fôlego. Uma fagulha.

Sua vida no Orfanato das Sombras era uma época que seu espírito cínico e endurecido não gostava de revisitar. Porém, agora, era preciso, necessário, urgente. As vidas de Cassandra e Cecília dependiam dele e da sua capacidade de escapar.

A magia tem início no centro do nosso cérebro.

Juca estava sentado no chão, as pernas em posição de ioga e as palmas viradas para cima, repousadas sobre os joelhos dobrados. Ele não invocava espíritos ou forças ancestrais, pois era cego e surdo à sua presença. Também não buscava pelos poderes do sangue indígena que corria em suas veias, uma vez que os costumes de sua mãe nunca chegaram aos seus ouvidos, exceto pelo velho canto timbira de onde saíra seu nome.

Não, nada daquilo. O ritual que estava prestes a conjurar tinha a ver com a única magia que Juca conhecia, a única magia que ele tinha aprimorado no orfanato durante os quatro anos em que lá vivera: a magia de seu próprio espírito, de sua força interna, da energia ilimitada que ele encerrava dentro de suas veias e artérias.

Ela nasce na parte mais profunda e antiga do nosso espírito.

Mortez nunca acreditou numa magia transcendente. Ao contrário, ele sempre alertava seus discípulos de que qualquer coisa fora deles poderia ser ilusão, embuste ou mesmo delírio. Juca revisitava a voz rouca e musicada de seu mestre.

Quanto às estrelas pulsantes que trazemos em nós, os desejos e ímpetos que formam nossa personalidade e nossa força, essa é a magia que vocês devem estudar, compreender e fortalecer.

Era o que Juca fazia, tentando respirar como havia aprendido com Mortez.

Era um esforço imenso concentrar a mente distraída e um desafio ainda maior acalmar o corpo destreinado e ferido. Ele precisava pensar como fora um dia ensino, concentrando e manipulando seu poder até que pudesse invocá-lo e usá-lo.

Pois quando executada, a magia pode se tornar uma ignição.

O primeiro desafio era criar dentro de si a bola de fogo necessária para abrir a cela. Para tanto, seus olhos fechados percorriam anos em segundos e décadas em minutos, ordenando às células do cérebro — energizadas pelo ardor do seu espírito — que formassem um ponto de luz que expulsasse as trevas dentro dele. Dessa fagulha, se tivesse sorte e força, faria surgir uma estrela de anseio e urgência.

Magia é vontade, filha do desejo e da necessidade.

Juca estava há três horas direcionando esse encantamento e até agora tinha conseguido resultados pífios, faíscas que não tinham sequer deixado as muralhas do seu corpo, quanto mais atuado sobre o mundo externo.

Mesmo assim, algo já fora alcançado. Juca sentia algo se formando, nascendo dos vários sentimentos que ele trazia encerrados em si. Nos cantos obscuros do palácio do seu espírito, aprisionados na jaula de ossos de seu corpo, algo surgia, pulsante, ardente e imperioso, mesmo que ainda discreto. *Concentre-se.*

O desejo por Cassandra, sua dor por Marcelinho, seu ódio por Tonico, seu desprezo por Medeiros, seu carinho por Cecília e sua saudade dos pais e do mestre. Tudo aquilo que ele havia perdido, além de tantas outras ruínas que havia vivenciado nesses anos de andar pelo mundo e conhecer seus mistérios.

Juca reuniu todos esses sentimentos conflitantes naquela fagulha mínima, fazendo-a crescer, aumentar e, pouco a pouco, pulsar dentro dele.

A magia é o puro alento e o puro desprezo, abraçados, fundidos, dançando a dança de um universo que a cada segundo nascia e morria, glorioso e decadente.

Quando Juca sentiu o poder crescendo dentro dele, era a hora de abrir os olhos e concentrar-se naquele espaço ínfimo: a cela imunda e sórdida, repleta de lembranças e pesares de seus moradores antigos, vozes do presente e do passado, a jaula na qual seu espírito livre e seu corpo alquebrado tinham sido feitos prisioneiros pela lei dos homens.

Juca, sem perder a concentração conquistada a duras penas e focando-se na esfera de energia que nascera e pulsava dentro dele, respirou fundo.

Suas narinas sorviam o ar pesado, mesclas de suor, sangue e ferro.

Sinta tudo isso, abrace tudo isso..., mas não perca a fagulha, não perca o fogo!

Foi quando ordenou que a bola de luz que ardia dentro dele partisse.

E ela assim o fez, iluminando seu rosto e a escuridão da prisão solitária.

Juca olhou para a esfera ígnea e acalentou-a, como uma parte perdida de si próprio. Ordenou-a que crescesse, que pulsasse, que trouxesse esperança a um tempo e lugar que a desconheciam, alimentando-a com seu ódio profundo, energizando-a com seu amor por Cassandra, pelas crianças do mercado e também por Cecília, além de todas as pessoas que um dia lhe estenderam a mão, todas as pessoas maculadas e perdidas, alquebradas pela vida, por outros homens e mulheres ou por si próprias.

Diante dessa compreensão, Juca sorriu, pois sabia que sua magia pessoal, seu encantamento ígneo, estava pronto. E soube que ele próprio, finalmente, também estava.

Juca observou o glóbulo de fogo e magia com seu olhar mais terno, sem nenhum resquício do cinismo que tanto margeou seu rosto até aqui.

Calmo e terno, ele sugeriu à bola de fogo que deslizasse em direção à porta da cela e se colocasse próxima ao cadeado que prendia as pesadas correntes. Juca olhou para o pulsante coração de fogo ainda uma última vez e então protegeu seu rosto com o braço, enquanto os lábios feridos e cortados sussurraram "Exploda".

O que se seguiu foi um clarão intenso, seguido de um grande barulho de ferro batendo e ardendo no pequeno inferno.

Como Juca estava numa parte isolada da prisão, o som demorou a produzir qualquer efeito sobre as tropas. Mas quando o fez, alertou-as de que algo muito grave estava acontecendo em alguma cela, no meio da madrugada.

Mello Bandeira foi o primeiro a dar-se conta da possível origem e do provável culpado. Naquela noite, especialmente depois da visita intempestiva de Sebastião Medeiros, ele decidira que não iria para casa. Algo em seu âmago soprava-lhe no ouvido que os eventos estavam bizarramente conectados.

Quando a explosão o acordou, ele soube que estava certo.

Bandeira liderou as tropas em direção à ala leste, onde Pirama tinha sido alocado para sua própria segurança e dos demais.

Ele e as tropas estavam a poucos metros da ala quando ouviram outro rojão: um grande barulho metálico, uma explosão de ferro contra pedra, como se algo tivesse sido jogado sobre o chão da prisão. O que diabos o prisioneiro estaria fazendo?

Nervosos, os soldados desceram a longa escadaria e chegaram ao conjunto de celas que dava àquele lugar mais um aspecto de calabouço do que complexo prisional.

Na cela em que o Juca tinha sido alocado, não havia absolutamente nada, exceto a porta despedaçada e os restos do grande cadeado que prendia os elos das correntes.

— Atenção, homens! Ele ainda está aqui! — Gritou Bandeira, segurando sua pistola e certificando-se de que os homens seguravam seus fuzis.

— Acho que não, capitão. — Bradou um deles, parado em um dos cantos do conjunto de contenção.

Abaixo do guarda, um tampão circular e pesado de um metro de diâmetro estava jogado ao lado. Abaixo da abertura que ele protegia, água corrente em grande velocidade anunciava a provável rota de fuga. Ao lado da abertura, as duas botinas prisionais do condenado.

— Eu não acredito que esse bastardo conseguiu escapar! — Falou Bandeira, sentindo-se um idiota, mas ao mesmo tempo certo de que Juca não sobreviveria a uma escapada naqueles termos.

O investigador carioca já tinha visto toda a sorte de insanidades por parte de prisioneiros comuns que não aguentavam a ideia de um confinamento de meses ou anos. Mas ele também sabia que o homem chamado Pirama não tinha nada de comum.

— Como diabos esse homem conseguiu tantos explosivos? — Perguntou um dos guardas, diante da cela, perplexo pela potência da explosão.

A resposta, pensou Bandeira, só teria um nome: Cassandra Gouvêa, que tão fortemente batalhava para obter a liberdade do malandro Juca Pirama.

Juca sabia que não sobreviveria ao sistema hidráulico paulistano: ele se afogaria ou seria esmagado em algum cruzamento dos grandes e potentes túneis.

Mas talvez — e ele não ignorava o fato de que se tratava de um gigantesco *talvez* —, os soldados que o cercariam em minutos não soubessem disso.

Era uma jogada de risco? Decerto. Mas não havia alternativa.

Tendo isso em mente, ele reuniu todas as forças que ainda tinha para retirar a tampa de ferro que levava aos dutos. Por um breve instante, sentiu-se atraído ao movimento das águas e ao acolhimento que elas poderiam trazer. *Seria uma morte rápida, não?*

Expulsando o pensamento, Juca mesclou-se às sombras da entrada da ala e aguardou, ordenando aos pulmões que tomassem fôlego e acalmassem sua respiração. Em segundos, as tropas passariam por ele, assustadas e sem liderança. Tinha esperança de que Mello Bandeira estaria em casa naquele horário.

Mas é claro que a sorte não estava ao lado dele. Bandeira foi o primeiro a invadir a ala, sendo seguido por meia dúzia de soldados.

Enquanto os soldados perplexos investigavam a cela explodida e chegavam ao duto aberto, Juca reforçou sua determinação de não respirar. Passo a passo, com a pedra fria abaixo dos pés descalços e com o pulmão em frangalhos, ele tomou o longo corredor que o levaria à liberdade. A escuridão serviu-lhe de capa e o nervosismo de todos os oficiais de distração.

Juca percorreu o túnel em silêncio, sentindo a frieza do piso sob a pele ferida. Quando deixou a escadaria e chegou ao pátio central, felicitou sua sorte. Como ele suspeitava, estavam no meio da madrugada e o movimento na prisão era mínimo.

Continuou esgueirando-se até encontrar o vestiário masculino. A arquitetura básica do lugar estava em sua memória desde quando tinha sido preso, dois anos antes, sob acusação de estelionato e assassinato. A primeira era falsa. Já a segunda...

Quando chegou ao destino desejado, Juca sentiu as dores em seu corpo e se perguntou se conseguiria continuar.

Ignorando as queimaduras e os ferimentos dos golpes que sofrera no mercado, alcançou os armários metálicos. Pegou uma muda de roupas de um dos oficiais que julgou ser do seu tamanho e roubou um velho chapéu, que esconderia os curativos do rosto. Vestido de miliciano, recoberto de sombras e ordenando ao corpo que não esmorecesse, deixou o vestiário e seguiu para o portão principal.

Na avançada hora da noite, apenas dois guardas faziam a vigília. Para sua sorte, um deles havia ido ao banheiro. Com passo confiante e voz tranquila, Juca assinalou sua partida ao oficial que estava em seu posto. Este estava prestes a abrir o portão quando notou algo errado no homem.

— Você...

Eu e minha sorte maldita!

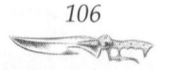

Antes que o homem pudesse continuar, Juca lhe deu uma chave de pescoço, fazendo com que o oficial perdesse a consciência. Juca o arrastou para as sombras, pegando a chave do portão principal e torcendo para que o segundo vigia demorasse no seu afazer. O pesado portão rangeu e então abriu, anunciando a Juca que sua liberdade estava próxima.

Tão logo tomou a rua, após fechar e trancar o portão, Juca foi em direção a uma das principais avenidas das redondezas. Para não chamar a atenção, foi caminhando até a próxima esquina. Quando a dobrou, começou a correr. Em minutos, seria descoberto e o que estava sendo uma fuga relativamente tranquila poderia se transformar numa caçada humana pelas redondezas do Bexiga.

Em seu bolso, Juca levava alguns vinténs que encontrara revistando as roupas dos outros guardas, além de uma adaga que encontrara em um dos armários. Levava também um pente de munição, pois supunha que a pólvora das balas lhe seria útil em um futuro próximo.

Ao chegar à grande avenida, também morta de qualquer movimento, deixou o corpo se encurvar um pouco, não apenas para recuperar forças como também para tentar fazer a dor nas costas e nos membros aliviar. Cada ferida era um lembrete e cada queimadura, uma maldição.

Continuou a caminhada, implorando aos céus por uma carruagem.

Quando finalmente a encontrou, pulou em sua carroceria e ordenou ao homem que a dirigia que desse a volta e se afastasse dali. Aonde ele deveria ir?

Juca ainda não sabia. Em algumas horas iria amanhecer e ele precisava de um plano. Não adiantava correr para as Gouvêa, uma vez que elas seriam as primeiras a serem procuradas pela polícia. Ele quase conseguia ver Mello Bandeira batendo à porta do casarão antes do amanhecer. Então, o que faria?

Pense, miserável, pense!

A dor nas costas, nas pernas e nos braços estava acabando com ele. Onde ele poderia se esconder? Foi quando lhe veio à mente o único destino possível, o lugar onde ele certamente encontraria tudo o que precisava para tal momento de angústia e desespero, um lugar onde ele teria um descanso para o corpo e um pouco de energia para o espírito. Como não pensara nele antes?

Ele deu ao carroceiro o endereço, torcendo para que seu antigo lar ainda estivesse em pé, mesmo depois de tantos anos. Quando o velho homem acendeu seu palheiro, Juca pediu a ele um pouco de fumo. O gosto amargo não era dos melhores, mas ajudou-o a anestesiar o corpo e a colocar as ideias no lugar. Ele não devolveu os fósforos ao homem. Além disso, comprou do carroceiro, com mais alguns vinténs, uma garrafa de vinho e um pão que ele levava consigo para o seu café da manhã. O homem não queria lhe entregar os víveres, mas ao ver o estado do seu passageiro, cedeu.

Enquanto a carruagem avançava, Juca devorou o pão e agradeceu aos céus pelo vinho, apesar do gosto insuportavelmente doce.

Depois de quase uma hora, chegaram ao destino, com o carroceiro deixando-o em frente ao prédio abandonado onde um dia ele próprio fora deixado por seus pais. As lembranças o visitaram como velhos fantasmas.

Juca sentia-se como a criança de vinte anos antes.

Apesar das portas apodrecidas, das vidraças quebradas e das paredes cariadas, com alguns pedaços de reboco descaído, o edifício que um dia fora o Orfanato das Sombras continuava belo e imponente, talvez até um pouco assustador, com seus arcos góticos acima das janelas e as quatro gárgulas que formavam sua proteção ainda no alto dos três pavimentos.

Juca circundou o prédio e pulou o muro que dava acesso ao pátio interno.

Ao pousar, o matagal alto amaciou o que teria sido uma dolorosa queda. Quando se colocou em pé e deixou os olhos se ajustarem às sombras, os galhos das árvores e o som das corujas e morcegos de imediato o fizeram lembrar-se do tempo em que corria por aquele terreno, se aventurando por entre o mato quando ainda era um jardim repleto de grama, flores e árvores carregadas de frutas.

Juca adorava escalar seus galhos e lançar aos outros moradores do orfanato maçãs e tangerinas maduras. Ele se lembrava da alegria das outras crianças que moraram ali, para imediatamente recordar Marcelinho e os outros meninos quando ele enfrentou Tonico para protegê-los. Tentou ignorar o aperto que aquelas lembranças lhe traziam, tentando mirar outros pontos do grande pátio.

Por que um lugar desses foi fechado?

Silenciando os ferimentos internos e externos, continuou a exploração do terreno abandonado, agora alcançando a porta de acesso ao interior do prédio. Ele não teve dificuldade alguma em invadir o lugar, apenas forçando uma das folhas de madeira do batente.

No interior da construção abandonada, o cheiro de velhice, mofo e abandono o nauseou. Por pouco, jurou ter visto seu eu do passado caminhando por pelos corredores entre uma lição e outra, dividindo seus dias entre as tutorias, o refeitório, o jardim e, obviamente, as tardes sem fim em que ficava na biblioteca.

Antes de um braço religioso do governo monárquico fechar o orfanato sob a acusação de práticas ocultistas que atentavam contra a moralidade do crucificado, Alexander e outros tutores haviam se preparado para o pior. Diante da ameaça de um país que se fechava cada vez mais para qualquer comportamento singular, diferente ou estranho, sabiam que o orfanato seria um dos primeiros alvos do novo governo ditatorial, por mais que hasteasse a bandeira da liberdade republicana. Em vista de algum conflito iminente, seu mestre e os demais tutores foram, semana após semana, tomando providências para que a biblioteca e seus tesouros não se perdessem.

A própria arquitetura do lugar favorecia algo assim. Diferente dos quartos, salas de tutoria e outros cômodos do orfanato, que ocupavam toda a extensão dos três pavimentos do prédio, a biblioteca ficava no porão. Havia duas grandes escadarias — uma em cada ponta do primeiro andar — que levavam a ela. Dutos de pedra que partiam da superfície levavam ao subterrâneo ar e luz, assegurando a boa condição dos livros e também luminosidade para a leitura, essa auxiliada por candelabros e luminárias.

"Eles podem acabar conosco, mas não com nossos tesouros", lembrava Juca das palavras finais de Mortez, quando cimentou o segundo acesso à biblioteca. O outro havia sido fechado na semana anterior. Juca chorou quando isso aconteceu e agora, naquele presente doloroso e desalentador, segurava o mesmo choro. Ele foi em direção à falsa parede, torcendo para que as autoridades não tivessem chegado à biblioteca como haviam chegado e esvaziado os outros cômodos.

Como sua força física estava nas últimas, Juca colocou-se diante da parede e concentrou-se novamente pensando no que fazer. Ele procurou por um pedaço de madeira que poderia servir de arma e tentou quebrar um pedaço da parede. Após reboco e dois tijolos cederem, ele pegou o pouco de munição que havia trazido da prisão, retirou a pólvora de duas balas e colocou sobre o buraco. Com um fiapo de tecido, improvisou um pavio e afastou-se, não antes de acendê-lo com o fósforo que havia surrupiado do carroceiro.

3... 2...1...

A explosão arrancou uma boa porção da parede, fazendo mais um pouco dela despencar. Por trás da poeira e dos tijolos despedaçados, Juca poderia descer ao lugar que um dia fora seu esconderijo favorito no mundo. Tão logo passou pela abertura recém-criada, pegou uma das tochas que ficaram nas paredes do corredor e a acendeu.

Descendo a longa escadaria, ele buscava por conhecimento, respostas e, acima de tudo, por esperança. Quando chegou ao último degrau, encontrou fechada a porta que sempre estivera aberta a ele e às outras crianças. Juca precisou de um pouco de força para abri-la, mas quando o fez, um tesouro que ele julgava perdido desvelou-se aos seus olhos.

O grande cômodo retangular com seus janelões — que davam para os poços que iam à superfície — figurava exatamente como seu mestre o tinha deixado. Porções de amanhecer penetravam entre as fileiras de livros, anunciando não apenas o início do dia como também o convite para que ele se aproximasse de seus tomos perdidos. Juca acendeu com a tocha os candelabros que faziam a iluminação sobre as mesas. Os tocos e restos de vela, quando acesos, começaram a enviar o cheiro de bolor e abandono para longe.

Agora que a luz voltava àquele espaço, Juca pôde matar a saudade dos volumes de páginas amareladas e capas de couro, das gravuras emolduradas nas paredes, dos cortinados pesados alocados entre uma janela e outra, além dos móveis de madeira que ele nunca cansava de admirar e amar. Seus dedos, temerosos de que tudo aquilo não passasse de uma miragem, começaram a tocar a superfície das coisas. Uma grossa camada de poeira havia pousado sobre tudo, numa prova de que aquilo tudo era real, não uma armadilha pregada por sua mente cansada.

Juca puxou uma cadeira, interrompendo o silêncio de anos, e jogou-se sobre ela, não apenas para aproveitar o momento, mas também para descansar.

Ele estava novamente em seu reino de sonhos e histórias. E naquele trono improvisado, sentia-se como um opulento monarca. Um monarca machucado e cansado, porém, à beira do esgotamento, cujos olhos não demoraram a fechar e a mente, a desfalecer.

VIII

"Tu choraste em presença da morte?
Na presença de estranhos choraste?
Não descende o covarde do forte;
Pois choraste, meu filho não és!
Possas tu, descendente maldito
De uma tribo de nobres guerreiros,
Implorando cruéis forasteiros,
Seres presa de vis Aimorés!"

JUCA ACORDOU DE SONHOS ATRIBULADOS NO MEIO da manhã.

"Não", ele diria ao seu pai, ele "nunca choraria na presença da morte". Nem por sua dor ou por seu sofrimento, ou pelo imenso cansaço ao qual seu corpo estava submetido. Mas ele chorou, e muitas vezes, pela dor alheia, pelo sofrimento dos fracos, pela tristeza das crianças flageladas, pela violência contra mulheres incapazes de se proteger. E só não chorava ainda mais porque não tinha tempo nem lágrimas.

Depois de dormir sentado por quase uma hora, ele se arrastou até um dos estofados de leitura da biblioteca e simplesmente morreu, com seu corpo esgotado e faminto exigindo horas de reparo.

Agora, precisava se colocar em movimento, tanto para afastar a dor em seus braços e pernas como também para planejar o que faria a seguir. Mas, antes, precisava se alimentar. Comeu o resto do pão que tinha comprado do carroceiro e sorveu o vinho para ajudar na digestão e, caso tivesse sorte, acalmar a mente agitada.

Nada de sorte! Por onde começar?

O cerne do mistério continuava sendo o desaparecimento de Petrônio Gouvêa. Se Medeiros estava prestes a findar com Cassandra, deveria ser também o responsável pela morte ou sumiço de seu pai. Cassandra, no alto do palco maçôniko, havia mencionado um demiurgo criador — Urizen — e Juca tinha começado a investigar o estranho personagem antes de seu destino ser desviado para outras urgências.

Sim, era com ele que deveria começar.

Juca levantou-se da mesa e foi em direção às prateleiras de livros. Agora, com a luz do dia entrando pelos janelões, as plaquetas que anunciavam cada seção estavam legíveis. Ao procurar por "Poesia", os dedos de Juca encontraram as mesmas Baladas de Blake que ele folheara na casa dos Gouvêa. Dois livros depois, eles tocaram num fino volume em cuja lombada ele encontrou o que procurava: *O Livro [Perdido] de Urizen.*

Ao lado do livro havia outro volume, *William Blake — Pintor Desconhecido*, de um homem chamado Alexander Gilchrist.

Pintor? Como assim? Ele não era poeta?

Juca levou os dois livros para a mesa de trabalho e começou a folheá-los, iniciando pela biografia de Blake. Nela, Juca descobriu que o artista era um visionário que criava seus exóticos poemas — entre eles Urizen — com uma mistura de texto e imagem a partir de matrizes de cobre corroídas com ácido. Com essa técnica, que ele chamava de "Método Infernal de Impressão"— Juca não pôde evitar um sorriso —, criara uma singular mitologia a fim de mapear as energias que formam a vida e as ações humanas. Além disso, tinha um comportamento no mínimo singular, dançando nu com sua esposa no jardim de sua casa e conversando com profetas, anjos e demônios.

Eis um homem que sabia se divertir e que tinha ótimas companhias!

Juca adorou a história de vida do sujeito e queria ter mais tempo para estudá-la, mas isso era exatamente o que ele não tinha. Continuou folheando o livro de Gilchrist tentando encontrar o nome que procurava: "Urizen". Quando o encontrou, qual não foi sua surpresa ao ver que tanto o nome quanto sua história tinham um significado importante ao seu próprio drama. Primeiro, Urizen era um tipo de trocadilho para "Your Reason" ou "Horizon", ambas expressões que apontavam para a crítica que Blake fazia, como artista romântico, ao racionalismo iluminista do século anterior.

EUROPE
a
PROPHECY

LAMBETH
Printed by Will: Blake: 1794

Além disso, Urizen era um construto alegórico que referia — isso ele lembrava do livro sobre os maçons — a Zeus, Javé e Odin, entre outras divindades poderosas e patriarcais. Blake fazia uma leitura negativa desses seres, vendo na sua fixação por poder e controle traços de angústia, sofrimento e autolimitação. Eram deuses tanto criadores de estatutos quanto prisioneiros deles: "Mind Forged Manacles", segundo Gilchrist, ou "Cadeias Mentais Autoforjadas", era uma expressão do próprio Blake para definir Urizen e suas leis morais, leis que constituíam o cerne da exploração política, da opressão escolar e do moralismo religioso do século XIX.

Será que as coisas tinham mudado tanto assim neste moderno 1907?

Ao lado do texto, a biografia apresentava duas imagens. Uma delas era a de um homem velho — que pareceu a Juca estranhamente familiar — aprisionado por grossas correntes. Em sua cabeça, uma chama vermelha explodia, enquanto os braços e as pernas dobradas estavam presos pelos mesmos grilhões negros. Na imagem seguinte, uma figura totalmente diferente: um jovem forte e vigoroso que explodia em chamas de liberdade e desejo. Juca voltou ao texto e então descobriu que ao seu Urizen, Blake contrapôs Orc, um anagrama para a palavra latina "Cor", ou "Coração". Orc era a energia poética e artística que despedaçava as leis para criar algo novo e vital à liberdade e à felicidade de homens e mulheres.

Eis aqui um sujeito que admiro!

Juca deu a si próprio alguns minutos para pensar.

Agora entendia o sentido das palavras de Cassandra no templo maçôniko e sua crítica aos homens daquela seita pela valorização do deus arquiteto, um demiurgo criador de leis, proibições e desejos racionalistas. De súbito, Juca lembrou tanto do que havia encontrado na biblioteca dos Gouvêa quanto das palavras de Medeiros: a Maçonaria Rubra!

Juca ignorou o segundo livro, o livro blakeano, e foi buscar a seção onde poderia encontrar mais informações sobre a organização. Encontrou três volumes sobre o tema, mas um em especial trazia o que ele esperava: "Maçonaria Branca & Rubra". Juca correu com o volume para a mesa e o abriu.

Folheando suas páginas, buscou informações mais objetivas sobre a possível meta dos integrantes da seita. Para sua tristeza, a in-

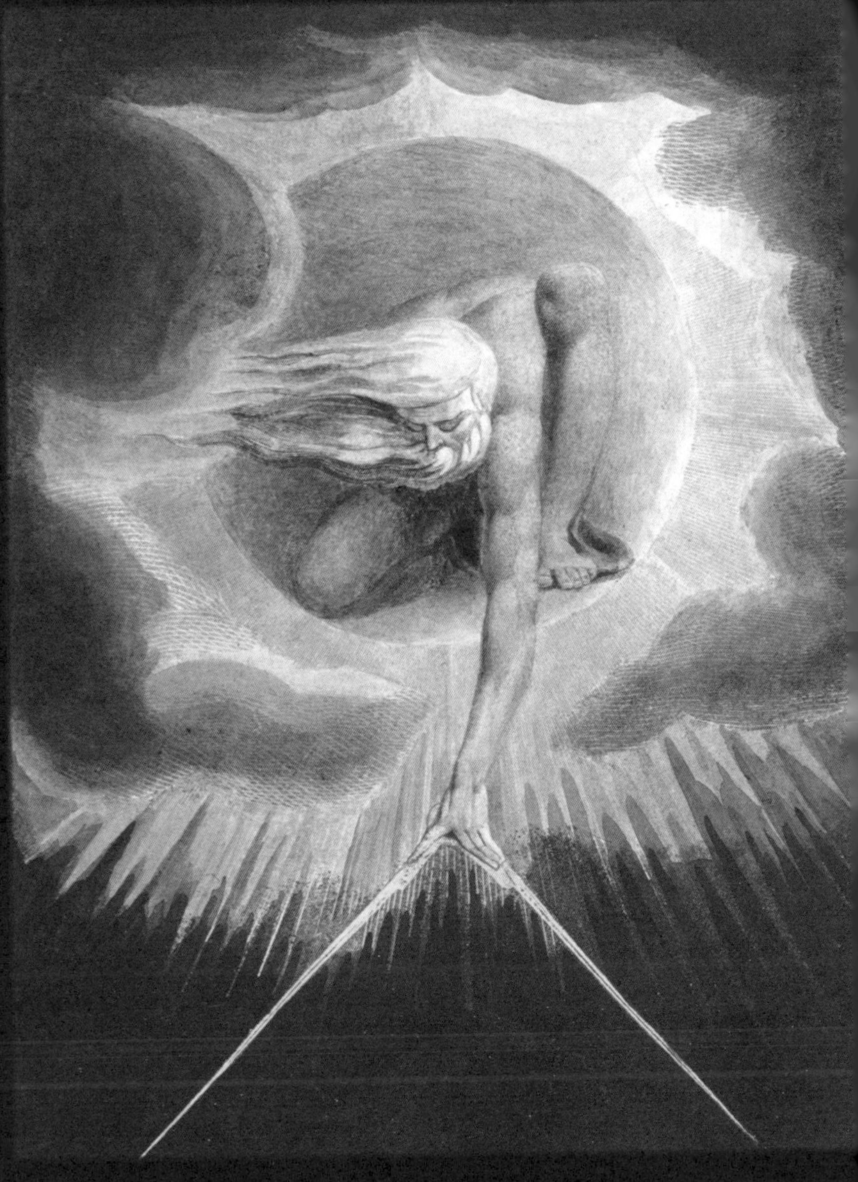

formação não o agradou. Basicamente, a Maçonaria Rubra defendia os mesmos valores que sua contraparte, porém, enquanto a primeira não passava de um verniz social para ações políticas e comerciais, a segunda objetivava a dominação dos homens a partir de conspirações doentias, que não raro envolviam rituais herméticos, missas sangrentas e sacrifícios humanos.

Eis aqui a confirmação das palavras de Medeiros!

Juca fechou o livro com raiva, não sabendo o que pensar, a não ser que caberia a ele desbaratar a conspiração doentia. Mas como ele faria isso? Ele na fazia ideia. Ademais, por que Gouvêa havia desaparecido? Será que ele não integrava também o grupo? Caso não ou caso sim — as perguntas apenas se multiplicavam —, por que diabos haviam sumido com ele?

Deixando a mente vagar, Juca olhou para o Livro de Urizen e então o abriu, na esperança de encontrar ali alguma pista ou informação que pudesse ajudá-lo.

Para o seu horror, um poderoso indício de respostas estava em suas primeiras páginas, na gravura que abria o volume: diante de um sol negro em chamas, um homem velho cuja barba revolvia em ventos e tempestades segurava um compasso que media o cosmos. Era a imagem que Juca havia encontrado emoldurada no quarto de Petrônio Gouvêa, e era também a imagem que ele havia observado entre os documentos contábeis de Silva.

Juca sabia exatamente o que precisava fazer. A pergunta que ficava era se teria forças para tamanha empreitada. Ao pensar nas irmãs Gouvêa, todas as duas dúvidas silenciaram, dando lugar a uma fria e enérgica resolução.

INTERLÚDIO SOMBRIO Nº 1

QUANDO O GUARDA DO PORTÃO PRINCIPAL DO PRESÍDIO foi encontrado inconsciente, Mello Bandeira não pôde evitar duas reações. A primeira foi esbravejar um "maldição" para todos os oficiais ouvirem. A segunda foi um sorriso de canto de lábios, seguido de um espontâneo pensamento: "Esperto, Juca Pirama. Esperto".

Bandeira não perdeu tempo ordenando uma perseguição porque isso seria inútil. Além de acordar a população e assustá-la, a ação noticiaria a toda São Paulo sua óbvia ineficiência. Ademais, temia que o fugitivo pudesse reagir com violência, tornando a situação ainda mais desastrosa.

Mas a grande razão foi que Mello Bandeira intuía que Juca Pirama não teria fugido pensando apenas em si próprio. Além disso, algo lhe gritava no ouvido que nem Cassandra Gouvêa, nem Sebastião Medeiros eram santos naquela história toda.

Sobre Juca, ele ainda lembrava de sua primeira entrada na prisão três anos antes, acusado de envolvimento em um crime de desvio de dinheiro da Estação da Luz Escura, onde trabalhava como carregador. Além desse processo, pesava sobre ele a denúncia de ser o responsável pela queda do gerente comercial da estação em um dos trilhos, logo antes do trem das seis chegar.

Levando adiante a investigação, Bandeira descobrira que o responsável pelo desvio de dinheiro era o próprio gerente, que, além de tudo, assediava os funcionários para que roubassem para ele. Quando morreu, prenderam Juca porque disseram que ele tinha brigado com o "pobre homem" e estava na plataforma justamente quando o sujeito caiu.

— Você matou o gerente Prates, senhor Pirama? — Questionou Bandeira na sala de interrogatório.

— Não, o gerente Prates se matou. Essa é a verdade — devolveu o acusado dos olhos piadistas e sorriso esperto. Em resumo: um sujeito que tinha mais pinta de galanteador de quinta categoria do que de perverso assassino.

— Essa é toda a verdade, Senhor Pirama? — Bandeira aproximou seu rosto do acusado, que estava atrás da mesa, com os braços e pernas presos a correntes.

— Bem... — disse o Pirama, dando de ombros. — Toda, toda a verdade, não.

— Então, por favor, dê-me ela, cuspida e escarrada.

— A verdade verdadeira é que ele se matou... antes que eu o matasse.

Bandeira não pôde evitar rir da frase, a que Juca também sorriu, resultando num momento de alívio da situação tensa e formal. Depois da risada compartilhada, Juca colocou as mãos acorrentadas sobre a mesa e começou sua confissão.

— O fato é o seguinte, seu delegado. Esse Prates sempre foi um canalha sem vergonha, sabe? Desses que o senhor deve prender aos montes. Mas era um sujeito educado, doutor em direito e tal. Era ele que administrava e controlava a venda dos bilhetes. Mas o pulha sempre desviava parte da renda e saía da estação com a maleta e as ceroulas cheias de réis. Era uma piada no lugar. Todos sabiam, seu delegado, que ele executava esse golpe usando os funcionários da estação. Eles concordavam porque temiam ser despedidos ou porque eram da mesma laia. Em resumo, um covil de pilantras, como boa parte do funcionalismo público desse país! Errr... sem ofensas, seu delegado, porque o senhor, isso se vê de longe, é sujeito sério. Continuando, seu delegado, que eu tô vendo que o senhor tá gostando da história. Só melhora! Seguraí! O Prates continuava com o seu ameaça daqui, rouba de lá, finge de acolá, e eu só cuidando, enquanto fazia meu trabalho, quieto no meu canto, limpando sujeira de pombo e carregando a caixa do sanitário, que é pelo que me pagam, até que o boçal teve a pachorra de se meter com a Maria Suzete. O senhor sabe quem é a Maria Suzete? Vou lhe dar a ficha corrida. Trata-se de uma moça jeitosa e bem apresentada, dessas que trabalham sério. Moça de perfil, responsável, arrimo de família. Nunca me deu bola, o que é compreensível. Mas eu, mesmo depois de ela recusar tomar um refresco, continuei sendo simpático com ela, como sou com todo mundo... pobre, rico, preto, branco, amarelo, azul, verde, rosa... enfim... todas as cores são gente e quem não é gente é quem destrata os diferentes. O senhor me acredita, seu delegado, que o Prates deu em cima da menina, da Maria Suzete? Daí ela recusou, porque mulher daquelas não daria bola para aventureiro. Eu que o diga. Daí o estrupício começou a ameaçá-la, dizendo que ela tinha que roubar para ele. Ela também recusou a jogada. E qual foi o resultado? Quando cheguei pro meu trabalho, no dia seguinte, encontrei a pobre chorando na frente da estação, com o namorado dela, eu nem sabia que ela tinha namorado... um sortudo, seu delegado... enfim, eu me apresentei para ele, e ela disse, entre lágrimas, que tinha sido mandada embora. Eu não me contive e fui em direção ao tinhoso de terninho e gravata, sempre com o cabelo ensebado. Naquele dia eu ia ensinar uma lição a ele, mas quando me viu, o covarde deu no pé. Eu segui atrás, fazendo cara de demônio para assustar ainda mais. Ele correu para plataforma e ficou eu, ele e a linha, sabe? Eu avancei, ele recuou. Eu avancei, ele recuou. Eu avancei mais um pouco, e ele caiu. Daí o trem passou. Bem no horário! E o resto... é o que restou... picadinho de pilantra! Uma gosma só. O senhor sabe como é corpo em linha de trem? Uma maçaroca de osso, carne e tripas. Daí a polícia chega e me prende. Um dos comparsas dele me denunciou, o senhor acredita? Pode acreditar, seu delegado. Eu lhe peço, vai procurar testemunhas. O senhor, que é um homem do bem, vai encontrar alguém que vá me defender. Disso eu tenho certeza! Enquanto espero, o senhor não me consegue um cigarrinho, não?

O jovem detetive simpatizou de imediato com o homem. Apesar de ser tão diferente dele, invejava a liberdade de gestos e palavras, que dava a Juca um ar de bicho solto no mundo, um espírito livre como poucos que já tinha conhecido.

Bandeira agora lembrava o episódio e sorria sozinho dentro do seu gabinete. Depois do primeiro diálogo, Juca foi processado e ninguém quis testemunhar a seu favor, apenas a tal da Maria Suzete Ramos e o seu noivo, mas eles não tinham assistido ao crime. Bandeira não descansou e então conseguiu para Juca um advogado de porta de cadeia, que, depois de seis meses, conseguiu provar, por meio da gravação de um robótico recolhe-ficha que estava na plataforma no instante da queda, que tinha sido como Pirama havia contado.

Nos meses seguintes, enquanto o acusado cumpria pena no Bexiga, Bandeira desenvolveu com Juca uma amizade cuja base eram causos literários, partidas de xadrez e gracejos sobre o dia a dia do populacho paulistano. Para Bandeira, que não tinha família ou amigos em São Paulo, a companhia do sujeito simplório e alegre era um bom passatempo.

Quando ele finalmente foi liberado, Bandeira olhou em seus olhos, apertou sua mão e pediu que ele não voltasse para tal lugar nunca mais. Deu seu cartão a Juca e pediu que entrasse em contato caso precisasse de qualquer coisa, algo que ele nunca fez.

Agora, Juca Pirama havia retornado à sua vida de uma forma nada agradável. Ao contrário. O que levava os pensamentos de Bandeira à sua segunda cogitação, uma que envolvia o nome da senhorita Gouvêa e do senhor Medeiros.

O interesse de Cassandra por Juca era óbvio e o fato de seu contador ter trabalhado tanto para liberá-lo mostrava que o acusado estava entre as preocupações da ricaça. Por outro lado, o sumiço de seu pai na semana anterior, a cena que ela havia feito no templo maçôniko e o atentado ao seu escritório — esses dois episódios na companhia de Juca, inclusive — tornavam-na muito suspeita em toda aquela cadeia de misteriosos eventos.

Quem seria o culpado? Bandeira ainda não sabia, mas a visita inesperada de Sebastião Medeiros um pouco depois da visita dela e horas antes da fuga de Pirama apontava obviamente para o seu envolvimento. Não fora ele que prestara depoimento sobre a cena que Cassandra havia feito entre os maçons? Ou havia sido um dos outros quatro ricaços que tinham também ações na Gouvêa e Associados? Qual era mesmo o nome deles? Mello Bandeira procurou na pilha de documentos e folhas sobre sua mesa a requisição. Ali estava: foram Medeiros, Flores e Peixoto que haviam feito o reclame formal.

Após a escapada de Juca, a primeira coisa que Bandeira fizera fora interrogar Cassandra. Ela nada sabia de pólvora ou de ter auxiliado na fuga de Juca e sua negativa parecia ser verdadeira. Bandeira tinha um talento especial para ler intenções, subterfúgios e imprecisões faciais, e o rosto de sua interlocutora pareceu-lhe não revelar nada longe da verdade. Por outro lado, ela não disfarçou seu contentamento ao receber a notícia de que Juca Pirama tinha escapado e que deveria informar as autoridades caso ele a contatasse.

— Certamente, oficial — disse ela, naquilo que Bandeira conseguiu identificar como sua primeira mentira.

— Antes de ir-me, Senhorita Gouvêa, uma última pergunta: a senhora acha que Medeiros teria algum envolvimento no desaparecimento de seu pai ou no atentado à sua vida?

— Não tenho o que dizer deste senhor, oficial — fora sua resposta fria e objetiva.

Sem dúvida, sua segunda mentira.

Bandeira partiu dali para a casa de Medeiros e, ao encontrar o homem, surpreendeu-se com a tranquilidade dele ao ser interrogado. Vestia um elegante robe de lã e fumava um charuto cujo cheiro era agradabilíssimo. Tudo nele e em sua casa transpirava riqueza e orgulho. O tipo de opulência que Bandeira desde sempre aprendera a detestar, austero e espartano como era.

O respeitável empreendedor disse que nada sabia, tendo apenas ido visitar o Pirama para agradecer-lhe por salvar a vida da filha de seu amigo. Ele explicou ao policial, numa terminologia hermética revestida de tom majestoso, que ela seria a principal herdeira da Gouvêa e Associados e seria uma tristeza sua morte, sobretudo após o sumiço do pai.

O dia findava, com os paulistanos ganhando as ruas em direção às suas casas ou aos bares, e ele estava, ali, preso nas suas reflexões. Mello Bandeira questionava-se sobre o tipo de policial que seria caso deixasse tudo aquilo passar, apenas esperando pelas notícias seguintes, que certamente indicariam corpos a recolher, testemunhas a interrogar e relatório a datilografar. Seria ele o tipo de oficial que fica a espera das tragédias da vida ou aquele que age para evitá-las?

Sabendo quem era e tentando fazer jus a um de seus mestres, o grande Detetive de Baker Street, que lhe ensinara muito de suas técnicas dedutivas, Bandeira levantou-se de súbito e deixou a mesa e o escritório para trás.

Com sua pistola no coldre e o chapéu coco na cabeça, ele tomou uma carruagem e, solitário, seguiu para a propriedade dos Gouvêa. Um frio gélido em suas entranhas lhe dizia que lá ele sem dúvida encontraria algumas respostas.

Apenas não previa que aquilo que a noite reservava seria um espetáculo de morte, sangue e rituais demoníacos.

INTERLÚDIO SOMBRIO Nº 2

ELA FOI ACORDADA POR MÃOS VELHAS E FRIAS QUE prendiam com força seu corpo.

Seus braços e pernas estavam sendo levados com rapidez e urgência por um corredor frio, úmido e fedorento, construído de pedras tumulares. Iluminado por tochas, ela conseguia ver ossadas e caveiras distribuídas pela extensão do túnel.

Cada passada ardia em seus pulsos e tornozelos, presos com força pelas mãos inimigas. Acostumada a ser confinada, dessa vez, ela soube que os motivos não eram médicos nem humanitários — nem fingiam ser.

Pouco a pouco, a mente anulada por drogas, calmantes e outros sedativos despertou, fazendo Cecília Gouvêa se debater e gritar. Ela caiu no chão frio de pedra, uma vez que seus captores não estavam preparados para qualquer reação.

— Essa vaca não estava dopada? — Disse um dos homens.

Eles novamente a seguraram com força. No total, eram cinco. Quatro deles a prendiam enquanto um quinto, de costas para ela, guiava o caminho com um castiçal aceso. Eram velhos mascarados usando roupas formais e escuras, a caminho de uma perversa festa de gala em um cenário horrendo que fedia à podridão e morte.

Queria acordar logo daquele pesadelo!

As faces dos seus captores eram parcialmente iluminadas pelas tochas nas laterais do túnel de pedra. Sabendo-se um animal a ser abatido em breve, os gritos de Cecília se intensificaram.

— Eu preferia não derramar mais sangue Gouvêa — disse um deles, que segurava, com as duas mãos, o pulso direito da doente.

Cecília reconheceu as vozes e dois dos perfis como os homens que acompanhavam seu pai em muitos de seus negócios. Só poderiam ser eles que haviam sumido com seu pai, pensou.

Outro homem, que prendia sua perna esquerda, virou para o primeiro interlocutor, com seu rosto parcialmente à mostra, e disse:

— Nem eu. Mas agora essa é nossa única opção. Sobretudo quando Cassandra não tem mais nenhum trunfo!

Meu Deus! O que quer dizer isso? Única opção? O que aconteceu com Cassandra?

A revelação daquilo fez Cecília gritar e se debater, tirando forças de onde julgava não mais possuir. Mas ali, no interior da terra, apenas os mortos poderiam ouvi-la.

O homem que ia à frente se virou e, levantando o braço livre e os dedos indicador e médio, ordenou que eles a colocassem no chão. Os asseclas a jogaram na terra batida, pouco se preocupando com seu corpo frágil ou com a camisola fina em meio à lama. Cecília, apavorada, engatinhou de costas até bater numa das paredes do túnel.

Enquanto os quatro esperavam, o homem que ia à frente se virou para ela. O castiçal iluminou apenas a parte inferior de seu rosto, dando à máscara ao redor de seus olhos um aspecto demoníaco:

— A educação é sempre preferível à gritaria desesperada, meu amor.

Dos olhos de Cecília, lágrimas verteram. O homem estendeu seus dedos frios e as enxugou, levando a ponta do úmido polegar aos lábios. Antes que ele pudesse tocá-los, uma língua sinuosa e escura veio lambê-lo. Ela finalmente reconheceu os olhos frios e cinzentos de Sebastião Medeiros, inconfundíveis mesmo atrás da máscara de festa.

— O que vocês vão fazer comigo?!

O homem sorriu, não escondendo um olhar igualmente terno e assustador.

— Ah, pobre criança. Não está claro? — Medeiros pausou antes de continuar, sorvendo cada ínfimo detalhe daquela triste imagem. — Você será nosso sacrifício. Nesta noite, a Maçonaria Rubra prosperará, completando seu Ritual de Sangue.

— Minha irmã... Cassandra... vocês a mataram também?

O homem levantou-se, agora substituindo o olhar de piedade por outro de apatia.

— Em instantes, você estará com sua irmã e seu pai.

Cecília sabia o significado de tais palavras atrozes e encheu os pulmões para continuar gritando, quando o homem que falava com ela a socou no rosto.

Tonta, ainda pôde escutar a voz do seu captor.

— Perdoem-me, senhores. Eu também detesto essas choramingas patéticas.

O homem deu as costas e seguiu em direção à luz no fim do túnel.

— Tragam a gazela sacrificial de uma vez. Estou começando a ficar com fome — arrematou o algoz, fazendo sua voz ecoar no túnel de pedra.

Como Cecília Gouvêa descobriria em minutos — e da pior forma imaginável —, o homem conhecido como Sebastião Medeiros nunca mentia.

VIII

ERA FINAL DE TARDE E O ANOITECER SANGRENTO JÁ estendia seu rubro clarão acima da capital do estado, recobrindo casarões, casebres e ruas. Os olhos de Juca Pirama espelhavam o crepúsculo, enquanto ele revisava seu plano suicida.

Havia tomado uma carruagem até o bairro onde ficava a mansão dos Gouvêa, saltando um quilômetro antes da residência. Juca vestia a mesma roupa de guarda que havia garantido sua escapada da prisão. Caso fosse flagrado ou interrogado, teria ao menos uma desculpa inicial com a qual trabalhar. Mas torcia para que isso não ocorresse, pois seu rosto abatido, transpassado de feridas, queimaduras e roxos, não parecia combinar em nada com a face de um homem da lei.

Embaixo do casacão policial, carregava três lâminas, pólvora, fósforos e alguns farrapos para improvisar pavios, caso fosse necessário. Além disso, levava consigo sua coragem, talvez a arma mais poderosa que poderia usar dali em diante.

E o que diabos ele pretendia fazer?

Primeiramente, iria tirar Cassandra e Cecília de casa e levá-las para um lugar seguro, talvez ao Orfanato das Sombras. Antes, precisava descobrir o que tinha acontecido com Petrônio. Ele começaria com o quarto do contador Silva — que tinha muitas explicações a dar — e então seguiria ao cômodo do velho Gouvêa, não apenas por causa do seu misterioso desaparecimento como também em função da enigmática criatura blakeana emoldurada na parede.

Para chegar ao quarto, porém, teria de invadir a propriedade, desviar dos seguranças e entrar no casarão sem ser notado. Quanto à primeira das tarefas, o invasor assassinado noites antes lhe dera o caminho. Na correria dos últimos dias, ele supunha que a entrada propiciada pelo meliante nas cercas laterais pudesse ter passado despercebida.

Apostando nisso, deixou a rua para trás, pulou a cerca de uma propriedade vizinha e seguiu em direção à residência dos Gouvêa, que naquela hora da noite já estava totalmente iluminada. À medida que se aproximava da casa, com seu corpo ficando mais e mais encurvado, como um bicho à espreita, seu coração acelerou, de medo ou exaustão. À frente de seus olhos cansados, a lateral da casa imensa se revelou, com seu frontão tomado de carruagens estacionadas.

Mas exceto por seus motoristas, que fumavam e conversavam, não havia guardas ou seguranças dos Gouvêa por perto. Nem mesmo os robóticos de vigia que tanto chamaram sua atenção no curto período em que fora hóspede ali. *O que diabos estava ocorrendo? Será que já era tarde demais e os infames maçons já tinham chegado?*

Não suportando a possibilidade de algo assim, Juca apressou o passo, alterando seu plano inicial. O urgente naquele momento era localizar as duas irmãs e tirá-las dali.

Ele encontrou a abertura que o assassino havia produzido e bastou chutá-la de seu recorte para fazer o arame farpado e trançado cair, formando uma portinhola improvisada. Enquanto arrastava seu corpo pela pequena abertura, começou a ouvir uma distante música de câmara. *O que significaria aquilo?! Uma festa?*

Juca continuou se esgueirando por mais alguns metros até confirmar que não havia ninguém — absolutamente ninguém — fazendo a vigia do perímetro. Assim, com o corpo ereto e o espírito reavivado, seguiu em direção ao seu destino.

Já que as janelas altas e gradeadas não eram opção, ele abriu uma das portas do casarão e deixou seu corpo escorregar para o interior. Seguiu rumo ao quarto de Cassandra — sabendo que a música vinha da ala frontal, a mesma ala que ele acessara quando chegou ali. Bateu na porta e diante do silêncio já esperado, abriu-a. O grande quarto estava vazio e no seu interior, apenas resquícios do perfume de Cassandra denunciavam sua presença momentos antes.

Será que ainda haveria tempo?

Juca rumou para o quarto de Cecília, onde noites antes havia lutado com um homem e testemunhado sua morte, enquanto ela, sedada, dormia. Enquanto caminhava apressado e nervoso, com o coração batendo, rememorava tudo que vivera em um período tão curto naquela casa.

Ao entrar no quarto de Cecília, esperava encontrá-la, acordada ou drogada, presa à cama, na companhia de enfermeiros ou da ama, mas — novamente — nada!

Outro quarto vazio. Outro maldito mistério! Onde elas estariam?

Cada vez mais, algo antigo e enervante sussurrava em sua mente que já era tarde demais, que ele fracassara mais uma vez e que o maldito Medeiros e seus comparsas tinham chegado ali bem antes e dado um fim em Cassandra e Cecília, possivelmente com a ajuda de Silva...

Juca alcançou o pátio externo e rumou em direção ao outro pavimento, dos criados. Quando entrou no quarto do contador, também vazio, foi rápido revirar sua escrivaninha. Nela, encontrou não apenas o Livro de Urizen como também a ilustração do opressivo demiurgo. No local de trabalho, seu noitário estava aberto e na anotação mais recente, a maldita comprovação de suas suspeitas: "Ritual de Sangue". Ao lado do volume, pena e tinta. Juca aproximou o livro das narinas e constatou que aquilo havia sido escrito há pouco.

Juca deu dois passos atrás, antes de voltar aos papéis do maldito homem, tentando encontrar alguma indicação de onde a junção demoníaca aconteceria. Mas havia algo que não fechava com as "evidências". Silva poderia ser o culpado, sendo que quase fora morto pela bomba na Gouvêa e Associados?

A música de câmara voltou a brincar com sua atenção e sua sanidade. Não sabendo se voltaria àquele quarto ou sequer se viveria depois do que enfrentaria, Juca pegou o livro, a gravura e o noitário de Silva.

Juca correu em direção à ala frontal do casarão, temendo o que ali encontraria. Mas ao estacar nas portas altas que davam acesso ao imenso salão de festas, constatou que se tratava de um palco perfeitamente armado: eram luminárias elétricas nas paredes clareando os rostos dos mortos pintados, manjares servidos em travessas de prata sobre a mesa gigante e interminável, candelabros dourados nos quais queimavam um grande número de velas e, entre eles, taças de vinho abandonadas.

Tudo intocado, tudo imóvel, tudo vazio, como se os atores daquele festim tivessem sido raptados por uma entidade sobrenatural. Até Juca escutar atrás de si um barulho e voltar-se rapidamente com os punhos cerrados e soquear puro ferro!

Depois de gritar de dor pelos dedos machucados, Juca levantou os olhos ao mesmo secretário robótico que encontrara ao procurar pelo quarto de Petrônio dias antes.

— O Senhor... está... servido? — Questionou o mostrengo segurando uma garrafa de vinho.

Juca respirou e tentou se recompor, apoiando-se nos próprios joelhos e amaldiçoando sua sorte. O coração parecia explodir, a dor voltando com tudo.

— Onde está todo mundo? — Perguntou ele, tentando respirar.

— Todo... mundo? Todo mundo... está no planeta... Terra, senhor!

— Vai se catar.

— Não vejo... necessidade de... tal expressão... de calão... senhor...

— Falo dos que trabalham nesta casa, robótico — disse Juca, tentando não avançar sobre o maquinário. A dor na mão direita o fez esquecer a ideia.

— Ah... eles... foram... todos dispensados... senhor. Todos... eles. Os... robóticos... foram desligados... também. Apenas eu... fiquei... para... servir os... convidados... — falou o ferroso, parecendo cheio de si.

— Convidados? Quais convidados? — Perguntou Juca, agora ajustando sua postura.

— Ora... os convidados... da noite, Senhor. Os... que... desceram... das carruagens... ali em... frente.

— E onde diabos estão eles?

O robótico olhou para lados e então se aproximou de Juca.

— Se... o senhor... prometer não... contar... a ninguém... eu lhe conto.

— Eu prometo — respondeu Juca. — Mas conta logo!

— Todos... beberam um... pouco, riram... socializaram... e então se meteram no quarto do patrão. Possivelmente... uma esbórnia... se o senhor me permite!

Juca olhou para o robótico e então começou a fazer sua própria maquinaria mental funcionar. Dando as costas ao robótico, Juca seguiu para o quarto de Petrônio Gouvêa.

— Nem... uma... taça de... vinho... senhor?

Juca estacou e voltou-se ao robótico.

— Você me contou um segredo e não vou contar a ninguém. Eu posso te contar outro segredo e pedir um favor?

O robótico avaliou a situação por alguns instantes e, depois de olhar para os lados, assentiu.

— Do que... o senhor... precisa?

— Contate a polícia agora. Peça pelo Capitão Mello Bandeira. Quando chegarem, entregue esses dois livros a ele e indique o quarto do seu patrão.

O robótico assentiu e então perguntou:

— E... o... segredo... senhor?

Juca pensou e pensou no que poderia dizer ao robótico e então improvisou.

— O Silva... é um safado. Foi ele que deu um sumiço no seu patrão!

O robótico fez cara de surpresa e então arrematou:

— Eu... sempre... suspeitei... dele. Tem certeza... que não quer... beber nada... senhor?

Juca bateu no ombro do robótico e se despediu. Ele tinha sede de respostas e, naquela noite, ele as obteria, de um jeito ou de outro.

Ao chegar à porta de Petrônio, ele a arrombou com um chute, já supondo o que iria encontrar.

Juca entrou no quarto onde o patriarca Gouvêa dormia, sonhava e se vestia. Também onde planejava seus rituais secretos e seus planos esquivos e pérfidos, prostituindo a própria filha aos maçons, possivelmente os mesmos que vierem ali para o festejo. Era também o quarto de onde ele havia sumido, sem deixar vestígios.

Não havia ninguém lá dentro, exceto o velho mistério do quarto fechado. Certamente, havia ali uma passagem escondida para outro cômodo, por onde Petrônio havia desaparecido e por onde os malditos convidados haviam arrastado Cassandra e Cecília momentos antes. Era a esse fiapo de esperança que Juca se agarrava.

Com pressa e urgência, olhou embaixo da cama, bateu nas paredes, arrastou armários e guarda-roupas até chegar ao imponente espelho cuja moldura amadeirada tanto admirara. Ele era fixo na parede e sua extensão ia do piso de tabuão até o teto. Nele, Juca viu um homem cansado, machucado e atribulado e aquele não era Petrônio Gouvêa e sim ele próprio, apenas uma sombra do que já fora.

Com raiva de si e dos homens que estava perseguindo, e seguindo seu próprio impulso, ele chutou o espelho com a botina, torcendo para tratar-se de um vidro falso. Para sua tristeza, seu golpe apenas estilhaçou seu reflexo, que caiu em grandes cacos, despedaçando ainda mais sua esperança. Olhando-se na superfície alquebrada, achou que ela refletia perfeitamente não só seu corpo como também seu espírito.

DROGA! DROGA! DROGA!

Mas, ao levantar os olhos, Juca notou que, atrás do espelho quebrado, havia uma escura superfície metálica, cuja profundidade não combinava com as paredes do quarto. Juca respirou fundo, igualmente desalentado e esperançoso, sabendo que havia encontrado a porta que o levaria às respostas ou à morte. Mas como abri-la?

Deixou seu corpo cair na cama e fitou o teto, buscando respostas, buscando força.

Todo caminho secreto tem uma chave. Toda passagem misteriosa tem uma fechadura. Todo enigma tem uma solução... uma explicação racional... uma razão... a sua razão...

Juca automaticamente deixou sua cabeça quedar para a direita, em direção à pintura blakeana que também o havia trazido até ali.

Será tão simples assim? Urizen... Your Reason... Your Answer... Será?

Ele pulou da cama e tentou arrancar a pequena gravura da parede. Mas ela estava fixada por um par de dobradiças laterais. Juca sorriu ao ver que, atrás da portinhola singular, havia um dispositivo mecânico no formato de um círculo metálico com cinco orifícios. Ele encaixou os dedos da mão direita ali e o girou em sentido anti-horário.

Depois de um clique, o barulho de pedra se movendo começou a ser notado e o que antes era a moldura de um espelho quebrado agora se tornava uma passagem infernal em direção ao interior da terra. Juca fitou os degraus pouco iluminados revelados pela abertura secreta e desceu por eles, sem questionar os perigos que estava prestes a enfrentar.

A escadaria, reta nos primeiros degraus, fez uma curva depois de alguns metros e então continuou descendo, agora com o cheiro de terra, umidade e podridão começando a arder nas narinas e nos olhos. Quando chegou ao final da escadaria, Juca encontrou um longo túnel em linha reta, parcialmente iluminado por tochas a cada cinco ou seis metros, até perder de vista. Juca percebeu que o corredor úmido e pétreo apontava para os fundos da propriedade.

Para a floresta... para o cemitério e seu imponente mausoléu!

Que tipo de arquitetura sórdida havia sido montada por Petrônio Gouvêa e com que pérfido objetivo? Teria ele sido vítima dos seus próprios desígnios? E o que aqueles homens teriam feito com suas filhas? Juca ignorou a reflexão inútil e correu pelo túnel de pedra construído nas profundezas do terreno amaldiçoado, entre pedras, raízes e ossadas animais e humanas. Não havia mais tempo a perder, uma vez que as vidas de Cassandra e Cecília dependiam dele.

Enquanto corria com os resquícios de energias que ainda lhe restavam, sacou duas lâminas que trazia consigo, preparado para qualquer embate ou desafio que ficasse entre ele e a libertação das duas irmãs. Corria e corria, pelas duas mulheres, por si próprio, por justiça e por salvação, na esperança de ainda conseguir resgatar seu espírito arruinado da terra do horror e do desespero.

No silêncio do túnel, apenas escutava o som de seus passos e de sua respiração ofegante, enquanto o fedor de imundície e podridão ficava pior e pior. Foi quando o túnel revelou, no final do seu percurso, uma porta de luz, uma via que daria acesso ao seu próprio destino e ao conjunto das respostas que ele buscava. Juca apressou o passo e quando lá chegou, transpôs o alto portal, sabendo que estava prestes a acessar um dos círculos do próprio inferno.

Era um grande átrio com pé direito altíssimo, construído no seio do cemitério e de onde partia uma escadaria, possivelmente em direção ao mausoléu principal. Os anciãos maçônikos estavam lá, com seus trajes de gala usuais. A única diferença era que agora usavam máscaras negras que deixavam à vista apenas seus olhos. Eram máscaras idênticas, formando uma confraria de gêmeos infernais. Nas mãos desnudas, punhais brilhantes que faziam as facas que Juca segurava parecerem débeis e infantis.

Na frente de todos estava Souza e Silva, que o olhava com um misto de surpresa, medo e excitação. Seria ele o líder da irmandade sombria? Mas antes que Juca pudesse avançar nessa hipótese, seu olhar foi raptado para o centro do salão. Imóvel e assustada, presa sobre uma superfície de pedra no formato de um túmulo, lá estava Cecília, prestes a ser executada. Juca deu dois passos em direção a ela, perguntando-se se Cassandra ainda vivia.

Ah, Deus! Onde quer que você esteja... que ela ainda esteja viva!

As luzes das tochas e das velas machucavam os olhos de Juca, que ainda não tinham se ajustado à claridade sobretudo depois de enfrentar a opressiva escuridão do túnel.

Atrás de Cecília, que o olhava assustada, com lágrimas terríveis caindo dos olhos, estava o homem que Juca reconheceu de pronto, pela postura e pelo olhar prepotente, como Sebastião Medeiros.

— Juca... eles vão te matar... Juca...

— Eu vou tirar você daqui... Cecília... eu vou tirar você...

Juca detestava mentir, mas não havia forças nele para dizer qualquer outra coisa. Ele sabia que estavam condenados, que não teria chances contra todos aqueles homens, que não havia saída possível, apesar do sorriso perverso no rosto de Medeiros acender caldeiras de ódio em seu peito.

— Você ainda não entendeu, não é mesmo? — Disse seu inimigo.

— Cassandra, minha cara, acho que você terá de explicar.

O nome petrificou o coração de Juca por um instante, fazendo o sangue desaparecer de seu rosto. Encontrando coragem, ele então se voltou para a direção que Medeiros, Cecília e os demais homens estavam olhando, temendo o que iria encontrar.

Na parede à sua esquerda, Juca primeiro viu o corpo de um homem acorrentado, morto há poucos dias. Pelos trajes e pela compleição, ele o identificou como Petrônio Gouvêa. Através de suas roupas rasgadas, era possível observar nacos de pele e carne cortados.

O que fizeram com ele?

Foi quando ouviu os passos poderosos que ele conhecia tão bem.

A poucos metros de Juca, numa roupa majestosa de Cleópatra infernal, estava Cassandra, orgulhosa e bela, com o queixo levantado e o sorriso demoníaco inscrito nos lábios rubros.

— Boa noite, Juca Pirama — disse ela, fazendo os braços de Juca caírem ao lado do corpo e, logo depois, as duas facas que ele carregava.

Enquanto dizia isso, ela caminhou em direção a uma grande mesa de banquete, do outro lado do saguão. Sobre ela, pratos e talheres de prata. Tudo impecável, exceto pelas sórdidas manchas de sangue que poluíam algumas das pratarias.

Juca de súbito percebeu o que eles estavam fazendo naquele ritual maldito.

É carne! Carne humana sendo cortada e devorada!

Juca não sabia por onde começar, o que fazer ou o que dizer.

— Cassandra? O que é isso? Você vai matar sua própria irmã?

Como não fui capaz de perceber o que estava acontecendo?

Seu pensamento atribulado e desconexo foi apunhalado pela gargalhada de Cassandra Gouvêa, que surpreendeu não apenas a ele como também a alguns dos homens ali presentes.

— Ah, meu caro, isso não será mais necessário. Cecília viverá, sedada e internada em um hospício, mas viva. Ela era apenas uma substituta, caso minha primeira escolha falhasse.

— Sua primeira escolha...

Juca finalmente compreendeu, no momento em que terminou de formular sua tola pergunta, qual a sorte que o aguardava, no fado encerrado em seu próprio nome.

— Sim. Aquele que sempre esteve marcado para morrer!

IX

Isto escutando, o miserando herói,
A quem a sorte mais uma vez destrói,
Cerrou os pulsos machucados e frios,
Preparando-se para mais um ardil.

No meio daquele claustro escuro,
Ele tinha apenas seu coração puro,
E sua coragem imaculada,
Agora a todos revelada.

No meio daquelas almas de trevas,
Não haveria nenhuma chancela!
Mas ali, como sempre, era a morte
Ou a vida e aquela era sua sorte!

Guerreiro que era, olhou o porvir,
Não iria nunca fraquejar ou desistir.
Tinha apenas a si próprio, nada mais.
E de Cecília, não desistiria jamais.

JUCA AJUSTOU A POSTURA DO CORPO E ORDENOU a si próprio que fosse forte, ignorando a coleção de cortes, ferimentos, queimaduras e cisões inscritos em sua pele. E naquele momento, enquanto o fogo perverso iluminava a redoma sepulcral, o salão de um banquete monstruoso, tudo vinha à sua mente com gritante obviedade.

As primeiras palavras de Silva.

Ah, o senhor é mais do que adequado. Na verdade, se eu não estiver enganado, acho que o senhor será perfeito.

As várias confirmações de Cassandra, todas ditas com sua voz grave.

O senhor tem certeza de que ele é o homem certo? Perdoe meu pragmatismo, mas como deve imaginar, uma mulher como eu, na situação em que me encontro, não pode se dar ao luxo de qualquer equívoco.

Aquilo era perverso, mais que nefasto.

Se quiser trabalhar para mim, assinará este contrato. Nele, o senhor confirma que está aqui por livre vontade...

Até na intimidade que havia compartilhado com ela, agora percebia suas artimanhas.

Muito obrigada por ter passado por este literal teste de fogo!

E o mesmo na prisão, foi isso que ela disse, não?

Você colocou tudo a perder, Juca Pirama... Tudo. Você era meu trunfo, minha arma, minha chance...

Do mesmo modo, Medeiros havia esfregado a verdade em sua cara. Desde o início.

Que bom que a senhorita encontrou um animal apropriado.

Depois do incêndio, ouviu a mesma confirmação.

Um infortúnio esse episódio com os policiais. Cassandra tinha grandes planos para o senhor.

Ou ainda pior: suas palavras não passavam de uma provocação, de um convite, para que ele fugisse e viesse ali, de livre vontade, passo após passo, para ser morto, estripado e devorado por aqueles facínoras canibais. Como diabos ele fora tão burro, tão estúpido, tão cego?

A resposta era simples e Juca sabia: ele havia se apaixonado por Cassandra. Havia se deixado fascinar por ela, por sua voz soturna, sua postura determinada, seu olhar fulminante. Diante do somatório de seus encantos, havia ignorado todo o resto.

E naquele momento, naquele lugar macabro e imundo, o preço que iria pagar por tamanha tolice estava exposto diante dele: ele seria alto, muito alto. Até chegar ao altar demoníaco, Juca havia sido surrado, queimado e injuriado. Mas nenhum de seus machucados doía tanto quanto a derradeira traição de Cassandra. Ele seria morto. Cecília seria internada ou morta. E Cassandra e Medeiros concretizariam seus planos.

Como pude deixar que isso acontecesse?!

Silva veio recolher as facas que havia deixado cair. E Juca, tolo como apenas ele poderia ser, a suspeitar que o ridículo homenzinho estivesse à frente de tudo aquilo. Ali estava a confirmação da primeira impressão que tivera dele: não passava de um capacho, um escravo abjeto e bajulador.

Juca reuniu suas forças, agora revigoradas pelo ódio, e chutou seu rosto, fazendo sua máscara voar e ele tombar, vomitando dentes e sangue.

Medeiros aplaudiu a cena, em sua altiva postura teatral.

— Ora, vejam, senhores! Ainda há forças no lobo combalido!

A palavra reacendeu em Juca fagulhas de energia que ele julgava mortas e sepultadas.

Sim, pense nisso, no lobo! É isso que você é, Juca, um lobo, e lobos são animais orgulhosos, que nunca morrem sem lutar. Lobos morrem mordendo e é isso que você fará! Você morrerá arrancando lascas de carne desses bastardos!

— Desde o início, eu disse que Juca Pirama era um lobo furioso e que ele passaria em todos os testes — postulou Cassandra, orgulhosa.

Isso, seus vermes, continuem alimentando meu ódio.

— Testes? — Perguntou ele, mostrando os dentes e os olhos cheios de raiva. — De que porra você está falando? — Era tempo o que ele tentava ganhar, não apenas para recuperar o fôlego, como para preparar os músculos e, acima de tudo, para obter o que desejava há dias: respostas.

— A Maçonaria Rubra, assim como a Branca, aceitava, até esta noite, apenas homens, Juca. Ao ir para a cama com todos os que tinham negócios com meu pai, eu desvendei, noite após noite, as partes que compõem essa organização, bem como seus tentáculos de poder, tentáculos que atingem cada ponto desta cidade, desde as zonas mais pobres até as cúpulas da política, da religião e do comércio. Ao lado deles, entre lençóis manchados de sexo e suor, eu insuflei nos ouvidos desses homens a ideia de que eles teriam muito a ganhar tendo-me por sua parceira, sua integrante, sua irmã.

Cassandra passeava agora pelo salão imemorial, discursando como a rainha sombria do lugar e de todos os homens presentes ali, que a observavam fascinados, exceto por Medeiros. Este olhava Cassandra com orgulho, como se ela não passasse de uma cria que ele havia alimentado e educado.

— Como a Maçonaria Rubra exige uma série de rituais sacrificiais para selar a inclusão de um novo membro, eu propus um ritual semelhante para mim. Obviamente, meu pai foi contra tal proposta, dizendo que eu deveria saber meu lugar. "Meu lugar?", eu lhe disse. "De sua filha? De sua prostituta? De sua escrava?". Não. Isso eu não iria aceitar. Foi assim que decidi embebedá-lo e o arrastei até nossa igreja particular. Depois de dias acorrentado, eu o sacrifiquei ao Deus Arquiteto, ao Demiurgo Silencioso, à Divindade Anônima, ao Quarto Deus dos Antigos, como demanda o primeiro dos testes necessários: derramar e devorar o próprio sangue e compartilhá-lo com seus irmãos, o que fiz sem qualquer dúvida ou sofrimento.

— Como você pôde matá-lo, Cassandra? — Cecília falou, não escondendo seu horror enquanto lágrimas percorriam seu rosto e quedavam sobre a pedra fria.

Cassandra se aproximou dela e a olhou com desprezo e depois tristeza.

— Como eu pude? Como *ele pôde*, Cecília? Essa é a pergunta que você deve fazer, irmãzinha. Como *ele pôde* me usar como me usou, ordenando que eu me ajoelhasse diante dele e diante dos seus sócios e parceiros? Como uma filha pôde fazer isso com o pai, você pergunta? Eu devolvo outra. Como um pai pôde fazer tais atrocidades com uma filha?

Cecília alterou sua expressão e mesmo presa e aterrorizada, devolveu à irmã um pouco de simpatia. Lembrou-se das noites em que ela ficou sedada e morta para o mundo como um presente de Cassandra, mórbido, mas mesmo assim um presente, para que ela não visse ou ouvisse o que era executado no interior da casa familiar.

— Eu não sabia, irmã, eu não fazia ideia... — Sua voz morreu, dando lugar ao choro, que revivia nela os anos de jantares e silêncio, de olhares entrecruzados e toques insinuantes, gestos ambíguos e revoltantes que Cecília finalmente compreendeu.

Pouco a pouco, a indignação de Cassandra acalmou, e ela delicadamente passou a mão no rosto da irmã, sofrendo pela triste revelação que lhe fazia.

— Fique calma, irmãzinha. Em breve, você vai descansar. Em breve, você voltará ao seu quarto e tudo isso terá sido um sonho ruim. Fruto da sua imaginação.

— Não se esqueça de mim, Cassandra — disse Juca, recompondo seu desafio.

Cassandra voltou-se a ele, revivendo no olhar sua costumeira frieza.

— Ao contrário, Juca. Minha iniciação tem sua continuidade justamente em sua pessoa. Quanto aos outros três estágios exigidos para minha aceitação nesta cruenta fraternidade, eles envolviam a preparação e a execução de uma vítima apropriada, de um homem cuidadosamente preparado para tal fim, de um bode expiatório que estivesse à altura dos desígnios profanos da Maçonaria Rubra. Tal vítima teria de passar por quatro testes que mostrariam a qualidade do candidato sacrificial. Primeiramente, um teste de assassinato ou cumplicidade. Em segundo lugar, uma prova de fogo. Terceiro, um desafio de inteligência. Por fim, teria de provar seu valor em um teste final de coragem e determinação. E tal homem teria de fazer tudo isso por vontade sua, sem qualquer tipo de ameaça ou coerção.

O corpo que ajudei a esconder. O escritório em chamas. A fuga da prisão. A vinda até esta ratoeira sangrenta. E desde o início, o contrato. O maldito contrato!

— Sim, meu caro. Check. Check. Check. E *check*.

— E quanto ao homem que invadiu sua casa? — Perguntou ele, com olhar suplicante, fazendo um esforço de encontrar algum erro, algum equívoco, qualquer outra explicação para tudo o que estava se encaixando dentro de seu espírito. — Você poderia ter morrido! Cecília poderia ter morrido! Nós poderíamos ter morrido no seu escritório!

— Ora, meu caro, você já me conhece o bastante para saber que eu não tenho problema algum em assumir riscos. Ao contrário, eu os adoro! São eles que fazem meu coração bater e meus olhos brilharem. E acima de tudo, eu confiei em você, confiei que seria capaz de agir como eu precisava que agisse. Caso falhasse, eu teria de oferecer em seu lugar mais um sacrifício familiar. Essa é a razão de Cecília ter sido trazida aqui nesta noite. Mas, felizmente, isso não irá acontecer. Mais uma vez, Juca, você foi formidável. Meu serviçal não merece uma salva de palmas, senhores?

Os aplausos começaram com ela e então Medeiros a seguiu, para depois todos os outros homens, mais de dez, ao que Juca conseguiu contar. Até o ridículo Souza e Silva, com a boca estourada, se juntou à ovação, sorrindo com a boca sem dentes. Juca, que nunca havia sido aplaudido na vida, amaldiçoava o dia em que havia nascido, como um Jó enfurecido contra a injustiça dos céus.

Seus olhos tristes, depois de percorrerem a insanidade, encontraram os de Cecília, que também comunicavam a ele o mais horrendo medo. Presa pelos pulsos e tornozelos, ela escutava e assistia a tudo aquilo ordenando à sua mente que acordasse de tal pesadelo. Mas, acostumada como estava a habitar drogada o mundo dos sonhos e dos pesadelos, ela sabia que o que via era real.

— E sua vida será isso daqui para frente? — Gritou Juca, tentando silenciar os torpes aplausos. — Você, uma das mulheres mais fortes que eu já conheci, resumirá sua vida a se juntar a esses homens? Homens que você própria despreza? Que tipo de mundo você acha que construirá a partir de algo assim? Você pediu que eu imaginasse sua empresa dez anos no futuro! O que você acha que acontecerá com sua vida em dez anos, ao lado desses homens? — Juca escolhera as palavras com cuidado, julgando que, se usasse expressões da própria Cassandra, poderia tocar seu espírito petrificado. Será que de fato não havia nada naquela mulher exceto assassinato e perfídia? Desejo por poder e lascívia? Ele não poderia ter se enganado tanto.

Agora o silêncio imperava no salão e Cassandra fitava o homem severamente, enquanto os demais escutavam curiosos por sua resposta.

— Eu estou construindo meu próprio mundo, Juca Pirama. Mas sei que ele não será erigido por mulheres sozinhas e isoladas, por mais fortes, ricas ou poderosas que elas sejam. Essa é a sina do meu sexo. E também meu único poder num tempo em que somos vendidas, expostas e exploradas. Ao lado desses cavalheiros e senhores, desses nomes e sobrenomes poderosos, prosperarei e continuarei o que você viu na Gouvêa & Associados. Lá, com o apoio desses cavalheiros, eu iniciarei uma nova era em que homens e mulheres poderão crescer igualmente, sem termos que recorrer à única moeda que nos foi dada por séculos e séculos de opressão: nossos sexos!

— Você está enganada, Cassandra — respondeu Juca, depois de um longo suspiro. — Eu entendo sua revolta e compartilho de sua tristeza. Você sabe disso. Mas nada pode ser construído a partir de uma violência como essa. O que seu pai fez com você e o que esses homens fizeram com você deve ser combatido, não permitido, muito menos apoiado. Você deve lutar contra eles, Cassandra, não se juntar a eles, aceitando suas propostas, seu poder, seu dinheiro. Além disso, nada pode viver e crescer tendo nascido em meio ao ódio, à violência e à morte.

Ela fitou longamente os olhos de Juca, mostrando em seu olhar vacilante um breve instante de dúvida. Teria conseguido demovê

-la? Haveria alguma chance para ela, perguntou-se Juca, desejando que os próprios segundos lhe dessem algum alento, mesmo que mínimo. Mas não foi o que aconteceu. Numa fração de segundo, Cassandra recuperou seu olhar furioso. Ela tinha ido longe demais para retroceder.

— Você é que está enganado, meu bem. Você é simplório demais para entender a complexidade do que iniciarei nesta noite. — Cassandra se aproximou dele passo a passo, num prolongado percurso que teria incendiado todo o desejo que ele nutrira e acalentara por ela nos dias anteriores. A centímetros de seu rosto, Juca sentia seu hálito, o hálito que ele havia beijado noites antes. — Eu tenho apenas mais um pedido a fazer, Juca, meu bravo guerreiro combalido. Faça isso por mim? Cumpra o seu papel, meu amor, meu amante, como você tão bem o cumpriu até aqui.

Cassandra segurou com cuidado o rosto de Juca, fazendo suas defesas tombarem vencidas e inertes. Sem que ele pudesse fazer nada, dominado como estava em seu corpo e alquebrado como se sentia em seu espírito, ela deu-lhe um longo beijo, fazendo a ponta de sua língua passar pelos lábios machucados e feridos, lábios chamuscados pelo desejo por ela.

Colando seus olhos tristes nos dela, Juca, por fim, sussurrou:

— E no que consiste esse ritual final, minha querida? — As palavras finais morreram em seus lábios, pois encerravam todo o carinho, toda a admiração, todo o conjunto do seu desejo ardente e liquefeito, do seu ardor por ela.

Ela sorriu, vendo nos olhos do amante vencido o reflexo de seu próprio rosto.

— Ele lembra o poema que leva seu nome, Juca. Você será morto, nessa taba arcana, com seu corpo preso a correntes, como ocorreu com Petrônio. Seu corpo será sangrado e algumas partes de sua carne serão cortadas e servidas a cada um de nós. E cada um de nós apreciará e absorverá uma parte de você. Com isso, devoraremos sua força, sua coragem, sua determinação, e essas qualidades viverão dentro de nós, para sempre. — Cassandra afastou-se de Juca, estudando-o e aguardando a sua resposta. — O que tem a dizer de tamanha glória, meu querido? O que tem a falar dessa honra?

Juca, calmamente, deu dois passos para trás e abaixou seu corpo, recolhendo em seguida as duas lâminas que havia trazido consigo.

Logo depois, pôs-se em pé e aspirou o ar viciado e podre do covil noturno. E então sorriu, como sabia fazer tão bem, agora tendo a certeza de que não morreria sem lutar. Tendo a certeza de que ao tombar, tombaria como o lobo que era.

— O que eu tenho a dizer dessa glória, dessa honra, você me pergunta? — Juca fez questão de dar uma pequena pausa, pois sabia que em momentos de tensão como aquele, a entonação era tudo. — O que tenho a dizer é bem simples, *minha querida*.

E então, como um lutador de rua, ele mostrou aos seus inimigos os punhos fechados sobre os enferrujados punhais, bem como os dentes furiosos, dentes de fera raivosa prestes a atacar sua presa. As palavras que findariam a longa conversa eram mais que apropriadas à sua pessoa e àquela absurda situação:

— Nem ferrando!

O que aconteceu em seguida foi improvável e sanguinário.

De imediato, dois dos velhos mascarados atacaram Juca com seus próprios punhais, dispostos a acabar com o orgulho do marginal e julgando que sua condição deplorável o transformaria em presa fácil. O que não previram é que seu inimigo desviaria dos dois primeiros golpes devolvendo ao primeiro uma estocada em seu coração e presenteando o segundo com uma garganta degolada.

A dupla quedou aos pés de Juca Pirama, surpreendendo os demais anciãos pela rapidez da execução e também por sua facilidade. Acostumado a brigas de rua, rinhas de homens e arruaças noite adentro em inferninhos nada recomendáveis, Juca tirara de letra os dois. Ele não era um assassino frio e indiferente, mas ali, além de autodefesa, ele julgava estar fazendo um bom serviço à humanidade.

Juca rapidamente deixou cair a segunda lâmina — a primeira ele havia deixado no corpo do inimigo abatido — e então empunhou as adagas de seus oponentes, gostando da sensação de ter entre os dedos aço frio e imaculado.

Ao menos por enquanto.

— Se querem reproduzir o poema, boa sorte! — Bradou, fazendo o coração disparar. — Este Pirama, assim como o outro, vai dar um pouco de trabalho antes de ser devorado!

E dizendo isso, Juca foi em direção a Cecília, articulando em sua mente um plano desesperado, por mais incoerente que pudesse ser. Três dos maçons — sendo que um deles Juca rapidamente identificou como Schmidt, um dos principais atacantes na noite do Templo — foram para cima dele. Os dois primeiros foram confrontados por Juca, que agora, com punhais maiores, fazia ainda mais estrago. Ele, porém, esqueceu o terceiro, que veio por trás e golpeou com força sua coxa direita, fazendo-o não apenas sangrar como cair.

Ao ficar de joelhos, Juca virou seu corpo, desviando do golpe seguinte, que quase o acertou em cheio, ao lado do peito. Ele chutou o oponente na perna, fazendo-o também tombar e então alocou com precisão uma de suas adagas na têmpora do inimigo. Ali não havia tempo nem espaço para qualquer piedade. Um erro — ele já havia cometido vários — e as vidas de Cecília e a sua estariam arruinadas.

Com mais três inimigos abatidos, Juca se colocou em pé, sentindo o ferimento na perna e se amaldiçoando por não ter percebido o avanço do último pilantra.

— Homens, façam alguma coisa! — Gritou Medeiros, agora finalmente substituindo seu sorriso prepotente por um esgar de ódio... Ou seria medo? Quanto à maioria dos velhacos, estavam congelados, perplexos com a chacina que testemunhavam.

Diferente deles, Juca sentia-se vivo e orgulhoso, além de disposto a levar o maior número deles consigo, de preferência todos, inclusive a mulher que dias antes jurara defender. Cassandra ia em direção à mesa e pegava ela também duas adagas, enquanto seis homens encurralavam Juca, não o deixando chegar a Cecília.

Diante da coragem de Juca, a jovem acorrentada respirava fundo e ordenava a si própria que mantivesse sua força.

Juca enfrentou os três primeiros homens da corja com bravura, transpassando dois deles e, com isso, perdendo suas armas. Enquanto os demais avançavam, ele tentou desviar dos primeiros golpes, mas logo as adagas o encontraram. A pesada farda policial que usava o protegeu de alguns golpes, mas não de outros. Uma das lâminas cravou em seu torso esquerdo e outra por pouco não decepou sua orelha, cortando, todavia, um lado de seu rosto.

Agora eram três pontos de seu corpo que vertiam sangue e logo esses três ferimentos o deixariam mais fraco. Ele precisava agir rápido.

Fez isso tomando de um dos homens sua adaga e impedindo outras duas de feri-lo. Com ela, planejou cada golpe em sua mente. Como um enxadrista das ruas, ele perfurou dois pulmões, um coração e três rins, inutilizando, no total, quatro dos cinco oponentes. Quanto ao quinto, saiu correndo pelo túnel de pedra.

Juca mirou suas costas e lançou a adaga.

Três pulmões. Boa, Juca Pirama!

Foi quando sentiu a estocada transpassar seu estômago. De imediato, seus joelhos dobraram e ele caiu, tentando entender quem o ferira.

Atrás de si, Cassandra olhava-o de cima.

— Pelo visto, caberia também a mim a finalização do sacrifício!

Cassandra ficou de joelhos e segurou novamente o rosto de Juca. Mas agora, o tempo dos beijos havia passado e só o que restara era o seu olhar metálico.

— Meu bravo guerreiro, meu herói vencido! Vamos acabar com isso?

— Sim — respondeu um Juca vencido e traiçoeiro.

— Cassandra, cuidado! — Bradou Medeiros, agora saindo de trás dos outros anciãos.

Enquanto Juca segurava com a mão direita a lâmina que Cassandra havia cravado nele, com a esquerda ele cravara outra lâmina no estômago da mulher. Era uma das que ele havia trazido consigo naquela noite, uma pequena faca, velha e enferrujada, que penetrou com dificuldade na pele perfeita de sua inimiga.

Sem defesas e pega de surpresa, Cassandra mirou os olhos de Juca mais uma vez, fechando e apertando seus lábios. Ela levantou de imediato, tentando tirar a adaga que a ferira. Quando ela o fez, o corte abriu ainda mais e foi seguido de um jorrar de sangue.

— Juca, me solta! — Gritou Cecília, percebendo naquele átimo uma oportunidade.

Juca tirou a lâmina de suas costas e, usando as poucas fagulhas de energia que ainda lhe restavam, pulou sobre o sepulcro onde Cecília estava presa e libertou suas pernas e um dos seus braços. Com o canto do olho, viu Medeiros vindo em sua direção. Antes que ele chegasse, Juca deixou a lâmina na mão livre de Cecília.

Ele então cravou seus dedos na lateral da pedra e usou-a como apoio para chutar o estômago de Medeiros, que despencou sem fôlego depois do golpe. Juca aproveitou o inimigo no chão e lhe aplicou outro chute no rosto, fazendo-o sangrar e o olhar petulante finalmente desaparecer.

Agora, tanto Medeiros quanto Cassandra vomitavam sangue, e ambos sabiam que se não terminassem com aquilo logo, a derrota seria iminente.

— Seus inúteis! Façam alguma coisa! — Ordenou Cassandra, tentando estancar o sangue que saía de seu ferimento e avivar os que ainda estavam em pé.

Mas eles não se mexeram. O que há poucos instantes prometia ser um ritual perverso e infalível, agora se transmutara num caos incontrolável. E depois de verem sete dos seus serem abatidos e os dois líderes combalidos, ambos perdendo sangue, nenhum dos outros oito integrantes da Maçonaria Rubra queria arriscar sua sorte.

Juca se aproximou de Medeiros para lhe dar mais um golpe quando sentiu o ferimento do estômago abrir. Abaixo dele, uma poça de sangue refletia de forma imperfeita sua própria silhueta. Com o olhar turvo e embaçado, sua mente era pura vertigem.

Vamos, Juca! Mais um pouco! Aguente mais um pouco!

Mas ele estava acabado. E sabia disso, não havendo mais forças nem mesmo para projetar dentro de si quaisquer outras palavras que lhe fomentassem força e coragem. Era a morte que marchava certa e determinada em direção a ele. E seu corpo já sentia o puxar de seus dedos fatais...

Até um abraço apertar suas costas e ajudá-lo a suportar seu peso. Era Cecília, apoiando seu corpo com o braço esquerdo e movimentando, fragilmente, a adaga com o direito, tentando parecer ameaçadora.

— Vocês dois vão morrer! — Disse Cassandra, pálida, com a boca escorrendo sangue. Era triste ver aquela pantera abatida no chão de pedra e, pela primeira vez, fraca. Com uma dificuldade patética, ela apanhou um dos punhais caídos no chão.

Com rapidez perversa, atacou Cecília, visando cravar a adaga em suas costas. Mas Juca, vendo sua movimentação, colocou-se entre as duas, recebendo o golpe.

Cecília, num átimo de desespero e vingança, enquanto Juca despencava, cravou a lâmina que ela própria segurava no coração da irmã!

Cassandra caiu, com a arma branca cravada em seu peito. Dessa vez, ela não teve força nem desejo de retirá-la, sabendo que estaria morta em segundos caso o fizesse.

Cecília ficou de joelhos à sua frente, não sabendo como reagir, apenas compreendendo que algo precisava ser dito, que algo precisava ser comunicado. E diferente do desfecho demoníaco compartilhado por todos eles, a única coisa que Cecília encontrou em si foi perdão.

— Eu sinto muito, Cassandra... me perdoe. Eu não sabia do pai... eu não sabia...

Cassandra, ao ver e escutar a irmã, temperou seu ódio com os últimos vestígios de sua humanidade conspurcada e ferida.

— Me perdoe também, Ceci... por tudo o que eu fiz... pelas drogas... e por não ouvir você... eu só queria que você não vivesse... o que eu vivi... eu só queria...

— Que continuássemos sendo as amazonas que éramos, quando brincávamos no jardim da casa do pai. Você lembra? Lembra, mana?

Cassandra, branca como a neve e morta como um espectro, esvaziou seus pulmões com um último sorriso nos lábios margeados de sangue. Dessa vez, um sorriso de saudades e carinho.

— Nós seríamos amazonas... e iríamos mudar o mundo...— completou Cecília, ao invocar a terna energia de uma lembrança infantil. O silêncio da tumba foi quebrado por seu choro.

Juca, caído e com dificuldade para respirar, tentava compreender aquele momento de impensável intimidade entre duas irmãs que ele julgava inimigas. Foi quando escutou o que sobrara de Sebastião Medeiros levantar-se e vir em direção a eles. Agora, Medeiros estava postado diante dele e de Cecília e apontava-lhes uma pistola.

Com voz ressequida e cuspindo sangue e ódio, disse:

— Vocês acabaram com a mulher que seria a nossa rainha, a nossa deusa sombria, a dama mais magnifica que este mundo já viu!

Juca olhou para cima com ódio. Cecília, por sua vez, continuava abraçada ao corpo da irmã, não tendo mais esperança alguma de que iria sobrevier.

— Chega de rituais... chega de piedade... chega dessa farsa! Vou enfiar duas balas nas cabeças imundas dos dois e então tudo isso estará acabado.

Ao dizer isso, Medeiros apontou a arma para Cecília.

Juca tentou arrastar seu corpo para impedi-lo, mas caiu sobre si próprio, desfeito em sangue e ferimentos.

— Patético! — Disse o assassino, agora engatilhando a pistola cujo cano mirava a cabeça de Cecília Gouvêa.

O tiro seco e brutal preencheu a mausoléu subterrâneo de ruído e pólvora, estourando o lado esquerdo da cabeça de Medeiros. Sua face despedaçada tombou primeiro, depois seu braço e então todo o seu corpo veio abaixo. Juca, com o olhar nublado, conseguiu apenas reconhecer uma silhueta masculina atrás de Medeiros.

— Todos parados! — Bradou Mello Bandeira.

A noite findara. A polícia chegara e a pobre jovem, que chorava abraçada no corpo da irmã que ela mesma havia matado, fora salva.

Juca podia morrer tranquilo, tendo dado tudo o que tinha de si. Esgotado e vencido, no corpo e no espírito, ele deixou sua cabeça tombar no piso imundo e fedorento, ao lado de ossos, pedras e carne, e abraçou o silêncio e a escuridão.

Finalmente, poderia fechar os olhos e descansar.

E ao fazer isso, julgou escutar uma poderosa voz feminina, uma voz que vinha sussurrar em seu ouvido que a luta tinha findado e que seu coração agora poderia partir.

E essa voz lhe dizia:

Boa noite, doce guerreiro.

X

Um velho médico, coberto de títulos,
Guardou a memória, mais por instinto,
O jovem combalido de olhar caudilho.
E à noite, no jantar com os filhos,
Se alguém duvidava do que ele contava,
Dizia severo: "Meninos, não é bravata!
Eu mesmo o tratei, eu mesmo o vi!
Judiaria igual, nem quando nasci!"

"O pobre sofria com dor delirante,
Suas feridas, visão excruciante!
Valente como era, chorou sem medo,
Chorou de tristeza. Parece que o vejo!
Seu pranto foi pelo que viu e passou,
Ele foi traído pela mulher que amou.
E hoje, se um de vocês duvidar,
Visitem o Juca, irão comprovar!"

"No interior da terra, ele me contou
Delirando, que a própria morte enfrentou,
Mas ele não vacilou, nem fugiu à luta,
Mesmo diante dos filhos da astuta
Que o trataram feito um mero escravo.
Não tinham ideia de que era um bravo!
Parecia até uma antiga lenda tupi,
Um caso de horror, meninos, eu vi!"

JUCA ACORDOU COM O MÉDICO OLHANDO-O, enquanto tomava notas em seu prontuário. Seu corpo doía em lugares que sequer julgava possuir.

Sua primeira ação foi a de controlar a dor detrás da vista avariada. Atrás dela, batalhões marchavam entre seus ouvidos e no interior de sua mente, um pulsar de dor batia altissonante, bombardeando alertas e ordens aos soldados combalidos que eram seus membros.

— Bom dia, senhor Juca Pirama! — Gritou o médico, meio surdo. Ou seria ele que estava por demais sensível?

Juca não respondeu. Até tentou, mas sua voz não saia dos lábios. Ele se esforçou para juntar um pouco de saliva e engoli-la, na esperança de que isso ajudasse.

Sério mesmo que eu sobrevivi?

A dor que engolfava fazia-o vacilar entre a tristeza e a alegria.

— Enfermeira, dê ao paciente um pouco de água. — Uma jovem se aproximou da cama e levou a seus lábios um copo. — O senhor deve estar se perguntando quanto tempo ficou em nossa companhia. Bem, devo confessar-lhe que hoje contam vinte e três dias desde a sua chegada. Uma internação bem mais prolongada que a última.

Juca não podia crer que tinha se passado tanto tempo. Mas, simultaneamente, os *flashes* de lembranças começavam a retornar e agora ele começava a pensar no que tinha vivido no interior da terra. Os maçons! Cassandra! Cecília...

Num átimo, ele tentou pular da cama, até sentir a fria fisgada em seu tornozelo e de pronto compreender que estava preso. Uma fina corrente prendia sua perna à cabeceira metálica da cama de hospital.

— Fique calmo. O senhor está em segurança aqui. E os horrores pelos quais passou estão sendo investigados. A corrente foi uma decisão do delegado responsável pela investigação, o Capitão Mello Bandeira, dado o seu histórico de se dar alta de uma hora para outra.

Juca se acalmou, apesar de ainda sentir-se acuado. A última vez que estivera naquele hospital, havia apenas recolhido suas roupas e deixado suas instalações na companhia de Cecília, a mando de Cassandra... Cassandra. Seu nome continuaria martelando em sua mente e em seu coração por quanto tempo?

— Quando... posso.... — cada palavra era um martírio —... sair?

— Ainda não temos previsão. O senhor precisa entender a gravidade do que lhe aconteceu.

— E o que me aconteceu? — Perguntou Juca, tentando mapear a extensão do que ele próprio tinha vivido, dos limites que forçara seu corpo a ultrapassar.

— Bem, isso só o senhor poderá nos dizer, quando estiver plenamente recuperado. Mas de um ponto de vista médico e unicamente físico, o senhor teve três costelas quebradas, um antebraço fraturado, um pulmão comprometido, além de outra perfuração em seu estômago, esta que por pouco não findou com sua vida. Continuando, um músculo ferido por um golpe afiado e profundo quase inutilizou sua perna e comprometeu o seu caminhar, além de ferimentos, lacerações, cortes e edemas variados em seus braços, pernas, torso e cabeça. Para falar a verdade, o senhor apenas não tem curativos nas partes pudendas — *Graças aos céus!* — e na sola do pé!

Juca quis pegar um espelho, mas teve medo do que iria encontrar.

— E Cecília... Como está Cecília? — Finalmente teve coragem de perguntar.

— O senhor fala da Senhorita Gouvêa? Eu acho que ela pode falar por si própria.

Neste instante, entrou no quarto de Juca uma jovem mulher vestindo um elegante conjunto de festa, uma roupa feminina de linho claro e bonito. Juca demorou a encontrar a jovem adoentada e pálida que havia conhecido naquela mulher cheia de luz e vida. Ainda mais, pouco ou nada da Cecília que tinha visto amarrada àquela cripta maligna lembrava a mulher que agora vinha visitá-lo. O coração de Juca batia aliviado.

— Juca! — Disse ela, sorrindo e vindo em sua direção. Cecília sentou em sua cama e lhe deu um abraço.

— Ah, querida, só não aperta tanto... que estou virado num caco!

— Me perdoe. Eu estou feliz por estar bem — disse ela, não contendo sua alegria.

— Digamos que "bem" não seja exatamente a palavra que me defina neste momento, mas me dê um mês e já estou pronto para outra. — Ela olhou para o paciente e sorriu. Juca devolveu o sorriso.

— Tá bom, tá bom... dois meses, vai!

O médico puxou uma cadeira e pediu que a menina Gouvêa sentasse nela.

— Apenas para cumprirmos o protocolo, senhorita.

— Dane-se o protocolo, doutor. Deixe-me ficar próxima do meu amigo e do homem que salvou minha vida.

O doutor, mesmo contrariado, saiu do quarto, levando seu prontuário e também a enfermeira. Cecília mirava Juca Pirama com um misto de gratidão e tristeza.

Quanto a ele, o melhor remédio que Juca tomara nas últimas semanas certamente era aquele. Encontrá-la viva e forte o encheu de ânimo. São tão poucos os que conseguem sobreviver ao destino como ela havia feito. Depois de instantes, perguntou:

— Me conte o que aconteceu no mausoléu, depois que eu morri.

Cecília respirou fundo, desviando brevemente o olhar para a janela, antes de voltar-se para Juca e retomar sua fala.

— Depois que você apagou, o policial Bandeira baleou mais dois maçons que tentaram escapar. Ele algemou os demais e então me disse que precisava chamar reforços. Fiquei cuidando de você enquanto escutava a conversa dos malditos, que mesmo ali, não paravam de conspirar. Eu estava desesperada, pois além da cena e dos corpos ao nosso redor, incluindo o de Sebastião e Cassandra, você estava se esvaindo em sangue e completamente inconsciente. A cada instante, tinha a impressão de que iria perdê-lo. Em meia hora, a polícia e as forças médicas chegaram. Enquanto conferiam os mortos, você recebeu os cuidados mais urgentes lá mesmo. Eu e o policial Bandeira não arredamos o pé de você nem um minuto, nem quando o colocaram na carruagem hospitalar. Temíamos o pior. E ficamos assim por duas semanas. Você esteve em coma todo esse tempo. E foi apenas há uma semana que sua situação se estabilizou e que você deu os primeiros sinais de melhora.

Juca sorriu, apreciando aquela atenção, algo raro em sua vida errática e solitária. Lembrou ainda de outro mistério da fatídica noite:

— Como Mello Bandeira chegou até o subterrâneo? Foi o robótico que o chamou?

— Quando o robótico ligou para a polícia, Bandeira já tinha terminado o seu turno, dizendo que ia para casa. Ele, na verdade, estava indo em direção à minha casa, tomando a lei para si, com todos os seus riscos, pois, segundo me contou dias depois, algo dizia em seu ouvido que ele precisava investigar mais uma vez a mansão Gouvêa. Além disso, ele suspeitava que certamente iria encontrá-lo em nossa companhia. Mas quando lá chegou e encontrou as carruagens paradas e o *hall* vazio, exceto pelo robótico, soube que precisava correr. O robótico, sob a mira de sua arma, o levou ao quarto de meu pai. Bandeira viu a passagem para a cripta, que você providencialmente deixou aberta, e então desceu pela escadaria de pedra, ignorando reforços. Esses já estavam a caminho pela ligação que você ordenara ao robótico fazer. O resto, creio que você se lembra.

— Sim, em frangalhos, mas lembro. E quanto a você? Me conte o que aconteceu com você depois disso tudo — pediu Juca, tentando ajustar sua postura na cama para uma menos dolorida.

Obviamente, não teve sucesso.

— Fiquei em observação por uma semana. Aproveitei esse tempo para chorar por meu pai e por Cassandra, e por tudo o que aconteceu à nossa família em razão da ambição e dos crimes que os dois cometeram. Todos os preparativos foram tomados e, depois que os corpos foram liberados, realizamos um rápido funeral seguido de um enterro. Eles foram sepultados no Desconsolo, uma vez que o cemitério e a própria casa se tornaram um acampamento policial desde a noite funesta. Mas isso foi bom. Tive de deixar a casa e por hora estou em um hotel perto da Pauliceia. No dia do enterro, sozinha, exceto pelos jornalistas e policiais lá presentes, vi os caixões sendo depositados no interior da terra e sofri o que tinha de sofrer. Com eles, sepultei também minha tristeza, Juca. Enxuguei as lágrimas e comecei a tomar providências para continuar o legado da Gouvêa & Associados. Não apenas para corrigir os erros dos meus familiares como também para combater homens como os que enfrentamos no ritual.

— Quanto a eles...

— Todos estão presos. A cidade está em polvorosa, obviamente. Os jornais não noticiam outra coisa exceto o que chamam de "Complô Maçôniko". Mas novamente aqui entra o homem que salvou nossa vida. Mello Bandeira está fazendo um ótimo trabalho e alguns julgam que será o novo inspetor geral. Ele é incansável, processando cada um dos culpados e buscando evidências de todos os crimes, tanto os novos quanto os antigos. Acredito que logo ele poderá lhe trazer algumas novidades quanto a isso.

— Eu gostaria de ajudar em alguma coisa...

— Trate é de ficar bem, isso sim. Eu trouxe alguns livros para ajudar, em especial porque sei de sua fascinação por boas histórias. Bandeira me deu uma lista.

Cecília abriu a bolsa que trouxe consigo e tirou dela quatro volumes: *Caçada Sobrenatural*, de George Harker, *O Reino de Amarelo*, de Robert Chambers, *Dedução para Leigos*, de Sherlock Holmes, e *Na Escuridão da Noite*, de Lucíola da Glória.

— Este último parece destoar dos demais — disse Juca.

— Sim, meu caro, destoa. É uma narrativa impressionante sobre as agruras de uma dama noturna carioca. É que precisamos ler mais nossos nacionais e também nossas mulheres. Eu, particularmente, estou encantada com esse pequeno romance de sensação. Um escândalo, se queres saber. Ele não sai das listas dos mais vendidos há semanas.

— Busque por *Crimes Crassos*. Acho que você gostará dele também, Cecília. É nacional e também é escrito por uma mulher. Cassandra gostava dele...

Uma sombra de tristeza percorreu o olhar de ambos, até Cecília voltar à conversa:

— Você ficará bem? Eu falo de Cassandra e de tudo o que aconteceu...

— Ainda não sei, querida. Gostei de sua irmã e fiz muito por ela. Mas ainda não consigo dimensionar o que foi sentir-me tão... usado.

A palavra pesava nos lábios e intensificava cada uma de suas dores. Cecília esperou alguns momentos, respeitando o tempo de Juca, e então disse:

— A verdade é que Cassandra sempre foi usada, Juca, e sua visão de mundo resumia-se a usar homens e mulheres para executar seus planos. Eu sei que é duro ouvir isso, mas não foi pessoal. Foi apenas Cassandra sendo Cassandra. Mas se alguma coisa de humana ainda existia nela, acho que foi dedicada a mim e a você. Pense nisso.

Juca sorriu, agradecendo-a pelas palavras.

— Farei isso, Ceci.

— Gosto quando me chama assim — disse ela, deixando os livros sobre a cama, ao lado de Juca. — O senhor terá de me desculpar, porém agora devo deixá-lo, pois são muitos os compromissos que aguardam uma dama de sociedade. — Os dois riram da pose de queixo empinado de Cecília. — Ademais, você precisa descansar.

Cecília foi embora deixando atrás de si a luz que irradiava. Era o brilho do propósito, qualidade que Juca julgava como essencial a qualquer existência. E mesmo assim, era rara de se encontrar naqueles dias. Juca deixou sua cabeça repousar no travesseiro da cama, tentando entender tudo o que havia acontecido com aquela menina e também com ele. Haveria tempo para essa compreensão. Agora, a única coisa que ele precisava era dormir e sonhar.

Deixando os livros de lado, ele fechou os olhos.

Nas semanas seguintes, após prometer a Mello Bandeira que não iria fugir nem escapar, as correntes que o prendiam ao leito foram retiradas. Ainda havia um processo em andamento contra ele, mas Bandeira estava fazendo de tudo, junto com os advogados de Cecília, para anular as acusações. A mais difícil era, sem dúvida, a fuga da prisão e as acusações prévias envolvendo Tonico Porcaria. O nome do nanico ainda era uma lâmina cravada em seu coração, em especial quando se lembrava das crianças do mercado e de Marcelinho.

Nos dias que passavam, ele tentava encontrar respostas para a morte da criança, para a traição de Cassandra, para as ações de Sebastião Medeiros e dos demais maçons, não encontrando nada que pudesse dar conta de tais eventos, ao menos nada que passasse pela lógica racional. Era apenas a selva do mundo e seus habitantes, pobres e ricos, criminosos e vítimas, homens e mulheres, jovens e velhos, todos respirando o mesmo ar e fazendo da vida aquele emaranhado de beleza e feiura. Quanto a ele? Em qual dos lados do espectro ele se colocava? Em nenhum, julgava, não sendo nem bom nem mau, apenas um sobrevivente.

Nesse meio tempo, Juca encontrava nos livros que Cecília sempre lhe trazia algumas repostas e alguma coerência. *Se a vida é destituída de sentido, a literatura deve nos dar algum.* Além disso, as visitas constantes de Cecília e de Bandeira, este sempre com o jogo de xadrez a tiracolo, faziam bem a ele e muito ajudavam em sua recuperação. Algumas noites, os dois homens viraram a madrugada batalhando estratégias e jogadas. Em outra, Juca e Cecília ficaram até o meio da noite conversando, rindo e lendo um para o outro.

Foi numa bela manhã de outono, quatro semanas depois de ele ter acordado e um dia antes de receber sua alta, que Cecília veio vê-lo, trazendo dois grandes pacotes.

Num deles, roupas novíssimas e muito semelhantes às que ele comprara há mais de dois meses no Sr. Malheiros. No outro, sua cartola, devidamente reformada e limpa.

— Você guardou-a? Desde o mercado?

— Sim, meu amigo. Afinal, poucas coisas são tão características de Juca Pirama quanto sua cartola.

Juca agradeceu, não vendo a hora de tirar o pijama de hospital e vestir novamente os trajes que lhe caíram tão bem.

— Tenho uma proposta para você — falou Cecília, produzindo em Juca um olhar de interesse. — A mesma proposta feita por minha irmã, exceto que ela não envolve a parte do sacrifício humano, claro. — Os dois riram, na tentativa de fazerem a melancolia das lembranças irem embora. O sorriso, tanto em Juca quanto em Cecília, era um paliativo para os traumas que ambos ainda teriam de superar.

— Cecília, sente aqui — disse Juca, pedindo a ela que ficasse próxima dele. — Eu agradeço muito o seu convite e acho que nós dois daríamos uma bela dupla. Mas eu devo recusar. Por duas razões. Primeiro, eu sou uma lembrança de tudo o que você passou. E minha presença sempre trará a você esse passado que precisamos deixar para trás. Você é uma mulher agora, uma mulher como Cassandra nunca seria. Uma mulher não corrompida pela maldade e pela perfídia, como ela foi. E é nisso que você precisa se concentrar. Além disso, eu preciso resolver algumas questões minhas, questões pessoais mesmo, e por ora não gostaria de ficar preso a qualquer compromisso.

Cecília sabia exatamente quais eram as questões, mas deixou o assunto de lado. Ela, como a estrategista que estava se tornando, sabia que às vezes a melhor vitória era o recuo. A jovem mulher suspirou e deu um beijo na face de Juca.

— Muito obrigada, meu amigo. Eu nunca tive um amigo, sabia? Mas sei que agora tenho. Por tudo o que você fez por mim. E é o amor e a amizade que eu tenho por você que me fazem aceitar a sua negativa à minha proposta.

Os dois se olharam por alguns instantes, sabendo que o carinho que tinham forjado naquelas semanas não necessitava de palavras. Foi Cecília quem retomou a conversa.

— Mas há ainda outro pedido. Trata-se de uma coisa que quero fazer, que já estou fazendo, na verdade. E para concretizar esse projeto, eu preciso da sua ajuda. Quanto a esse assunto, já vou avisando: não aceitarei não por resposta.

Juca olhou para aqueles olhos escuros e determinados, sabendo que ali não haveria espaço para negociações. De qual misterioso projeto ela estaria falando?

A ideia de comprar e reformar o Orfanato das Sombras partiu de Juca. Mas toda a concepção foi de Cecília. Ela revelou a ele, ainda no hospital, que desejava tirar as crianças do Mercado Velho das ruas e que, para tanto, precisava de um lugar para recebê-las. Ela já havia feito isso, na verdade, alugando temporariamente uma velha escola e contratando tutores, cozinheiros e médicos para auxiliar as crianças. Para ela, a distante tarde no mercado, apesar de seu triste desfecho, tinha lhe revelado dezenas de coisas que ela desconhecia.

Tendo vivido enclausurada, era a vida, a alegria e também o sofrimento daquelas pessoas que a marcaram. Em especial, a vida de infantes que não tiveram nem as oportunidades, nem a proteção que ela teve e que viviam ao léu, sem abrigo ou comida. E o mais trágico de tudo: sem qualquer perspectiva de futuro. "E se elas tivessem?", perguntou-se ela. "E se aquele infantes tivessem um lar, uma educação, um espaço para sonhar?".

Quando Cecília perguntou a Juca o que achava da ideia, ele, por instantes, ficou sem palavras, algo raro em sua personalidade, abraçando Cecília e comunicando a ela o quanto ajudá-los era o melhor presente que ele poderia receber.

— Precisamos apenas de um lugar adequado.

Juca abriu um sorriso, sentindo a cabeça fervilhar de ideias, e pedindo à sua amiga um papel e uma caneta.

— Eu acho que tenho o lugar perfeito!

Agora, passadas duas semanas de sua alta e com as obras de reforma no velho Orfanato das Sombras já começadas, seu coração palpitava de entusiasmo.

As paredes estavam sendo pintadas, as janelas reformadas ou trocadas, com as folhas de vidro reinstaladas e todo o teto sendo substituído por telhas novas. Com as calhas também substituídas, a infiltração e as goteiras estavam resolvidas. Agora o ar e o vento dos dias de trabalho substituíam o odor de morte e bolor pelo cheiro de vida, energia e também correria, tanto dos trabalhadores a serviço da Gouvêa quanto das crianças, que ali já estavam instaladas.

Quando vivera no orfanato, Juca havia experimentado os melhores dos seus dias. E talvez agora os novos internos pudessem viver os seus. Ao menos essa era a sua esperança. Juca viu agora José Maria, que havia grudado no marceneiro do projeto, tornando-se seu principal ajudante.

— Ei, Zé! — Chamou ele.

O menino, quando o viu, veio em sua direção com um sorriso na face.

— Como está o trabalho, caro senhor? — Perguntou Juca, entonando a voz como se falasse com o líder da empreitada inteira.

O menino, estufando o peito e com os punhos fechados na cintura, respondeu:

— Nada bem, Seu Pirama, e eu vou dizer uma coisa pra tu. O marceneiro chefe tá com tudo atrasado e já chamei o sujeito na responsa duas vezes. Mas a culpa não é só do homem, pois a madeireira atrasou o acerto também. Desse jeito, terei de despedir, Seu Pirama! Todos eles!

— Conto com sua seriedade e profissionalismo nesta empreitada — devolve-lhe Juca.

Os dois riram, enquanto José Maria voltava àquela importante tarefa. Algumas crianças também ajudavam, enquanto outras se dedicavam às lições que já começavam a ser ministradas por um tutor inglês que Cecília havia contratado: um tal de Mister Egbert. Juca não tivera grande contato com o homem, mas o julgava sério, dedicado e carinhoso com as crianças. Parece que ele mesmo havia sido educado em um educandário nada exemplar nesses quesitos. Chamava-se Ateneu, pelo que lhe disseram.

— Então agora o senhor vai ser o diretor deste orfanato? — Juca reconheceu a voz de Mello Bandeira, que acabara de chegar.

— Eu? Diretor? Eu não sirvo nem para merendeiro, Bandeira.

Os dois apertaram as mãos e ficaram ali parados, no saguão principal, observando as obras prosseguirem e o movimento dos infantes e dos profissionais.

— Quando estudei aqui, este era um lugar mágico. Um dos poucos lugares em que eu me senti protegido, acolhido e amado.

Bandeira olhou para o homem e recortou da conversa uma pequena informação sobre o passado e a personalidade de Juca Pirama. Munido dessa impressão, devolveu:

— Se este lugar significa tanto para você, por que não fazer dele seu lar?

Juca olhou para Bandeira por instantes, avaliando a possibilidade. Mas depois de um longo suspiro, soube que seu futuro seria encontrado em outro lugar.

— Não, seu delegado, tenho outros assuntos a tratar. Sabe como é, um homem importante como eu sempre tem vários projetos, vários compromissos — completou, dando a Bandeira seu melhor sorriso.

— Outros projetos? — Perguntou Bandeira, desconfiado das intenções de Juca. Tudo o que ele desejava era que ele aprendesse alguma coisa e não mergulhasse em outra enrascada, em outra armadilha autodestrutiva, como tão bem ele sabia se meter. Especialmente agora que ele e Cecília haviam batalhado tanto para limpar seu nome.

— Deixa para lá, Bandeira. — O coração apertado de Juca não esquecia o que fizeram com Marcelinho, e por mais que a alegria de ver os meninos no novo Orfanato das Sombras o deixasse satisfeito, havia ainda uma última vingança pessoal a executar. Era hora de mudar de assunto. — Como estão os processos contra os maçons?

— Sinceramente? Uma baderna, especialmente porque eles têm advogados, dinheiro e a choradeira das famílias, que juram que tudo foi uma conspiração contra eles. Agora começou o festival dos falsos testemunhos e falsos álibis. Mas, felizmente, temos Souza e Silva.

— Sério?! No que o imbecil está ajudando?

— Ora, Juca! O homem era o contador de Cassandra e, antes dela, de Petrônio. Ele tem registros de tudo. Absolutamente tudo. E com a promessa de redução da pena, está nos entregando todos os que contribuíram para os crimes dos Gouvêa.

— Redução da pena? Mas esse filho da mãe... — O sangue de Juca sempre fervera com facilidade, mas naqueles dias seu peito parecia um vulcão.

— Calma, homem, calma... é redução da pena, não anulação. Ao invés de trinta anos, ele vai pegar uns dez. E nesses dez, vai lá saber o que pode acontecer com ele.

Bandeira deu uma piscada para Juca, que rapidamente entendeu.

Os dois riram alto, apesar de ambos detestarem as formas como a justiça muitas vezes encontrava caminhos escusos e torpes.

— Falando nisso, devo voltar ao quartel. Temos mais uma bateria de interrogatórios com os empregados dos maçons. Além disso, o crime em São Paulo só piorou desde a fatídica noite. Você sabe que safado nesse país é como erva daninha, para cada dez que você arranca, surgem outras vinte tentando tomar o lugar.

— Bandeira... — disse Juca, estendendo sua mão ao policial, meio sem jeito e tentando encontrar as palavras. — Muito obrigado. Eu não estaria aqui, nem essas crianças estariam a salvo, nem Cecília, se não fosse por sua coragem e por sua decisão em fazer o que era certo, mesmo sem o apoio da lei.

Bandeira apertou sua mão e devolveu-lhe o agradecimento.

— Digo o mesmo de você, Juca Pirama. Você poderia ter fugido da cidade e ter sumido para sempre. Mas arriscou tudo naquela noite. Tudo. E não por si mesmo, não por qualquer interesse, mas pela verdade. Cecília, essas crianças, os perversos que estou tendo o prazer de prender, é a você que devemos tudo isso.

Os dois homens se despediram, com Juca observando o policial deixar o saguão do orfanato e quase lamentando o que teria de fazer nas próximas horas.

Tanto Bandeira quanto Cecília depositaram sua confiança nele e agora, mais uma vez, ele iria decepcioná-los. Mas não havia saída, não havia alternativa. Juca era quem era e o que estava prestes a fazer era inevitável.

O mestre de obras veio tirar algumas dúvidas quanto à estrutura do orfanato e Juca teve a felicidade de ajudá-lo. Em especial quanto à reforma da biblioteca, que ele tivera ainda o prazer de supervisionar, sobretudo para que nada fosse modificado.

Alexander Mortez, estando onde quer que estivesse, deve estar feliz.

Quanto às passagens secretas, corredores falsos e câmaras escondidas, ele nada disse aos pedreiros. Descobrir e explorar aqueles lugares seria o trabalho de Zé Maria e das outras crianças. Um renovado aperto veio em seu coração ao lembrar o quanto Marcelinho teria adorado o orfanato.

— O senhor me perdoe, mas agora terei de deixá-lo — disse Juca, substituindo o sorriso por outra expressão. — Tenho um encontro marcado no Mercado Velho.

Juca apertou a mão do mestre de obras e se despediu. O homem assentiu, tentando compreender o olhar que lia em sua face: um olhar sombrio e ameaçador.

— Espero que esse encontro não seja com o estelionatário conhecido como Tonico Porcaria — disse uma voz feminina forte e grave.

Por um instante, o coração de Juca parou, pois a voz lembrou-lhe a de Cassandra Gouvêa. Juca se virou, deixando o mestre de obras às suas costas, e deu de cara com uma mulher de uns trinta anos, morena e bem formada, que vestia um casaco escuro ajustado no corpo sobre uma camisa também escura. Botas e calças de montaria davam ao seu figurino um ar de Diana sombria e urbana, que Juca adorou.

— Dele mesmo, minha senhora. Algum problema?

— De minha parte, nenhum, exceto pelo fato deste senhor estar, neste momento, sendo levado à delegacia central para responder algumas perguntas sobre suas práticas comerciais pouco convencionais.

— Pouco convencionais? Esse nanico é um pilantra.

— Sim, e como tal ele deve ser tratado, sem que isso faça com que o senhor retorne à prisão.

— A senhora não entende, Tonico é o responsável pela morte de uma dessas crianças...

— Sim, eu entendo, senhor Pirama. E sinto muito. Bem como Cecília Gouvêa.

Agora Juca começava a entender o que estava acontecendo. Cecília tinha se adiantado a ele e tomado ela própria providências para tirar o Tonico das ruas.

— Ah, a senhora também trabalha para ela? — Perguntou Juca, retirando a cartola.

— Digamos que eu presto-lhe... consultoria. Eu atendo damas jovens e também senhoras que estejam em situação delicada ou em relacionamentos de risco. — Juca não entendia exatamente o que a mulher estava dizendo, mas gostava do modo como ela formulava as frases de forma ambígua e inexata, possibilitando mil compreensões. — No caso de Cecília, foi um pedido pessoal de que as ações e negociatas do Senhor Tonico fossem investigadas e suas irregularidades levadas ao conhecimento da polícia da federação.

— E foi ela também que lhe enviou aqui?

— Não e sim. Eu comentei com ela que estava buscando por um empregado do sexo masculino, de um homem que me auxiliasse em questões investigativas, sobretudo quando a situação se torna arriscada. E, então, ela me disse que tinha a pessoa certa em mente.

Juca agradeceu a Cecília, não sabendo se gostava ou não daquele esforço em se tornar seu anjo da guarda. Primeiro o hospital, então o Orfanato e agora... essa nova oportunidade de emprego!

— Olhe, senhora, eu recusei a oferta de Cecília porque tenho alguns problemas com empregos fixos. Sabe como é, bater ponto, chegar no horário, essa coisa da rotina profissional, definitivamente não é comigo.

— Rotina? Fique tranquilo, Senhor Pirama. Tenho o mesmo problema com essa palavra. Ademais, rotina não é o que define a minha linha de trabalho. A Senhorita Gouvêa disse que suas qualidades transcendem a violência e a força bruta, sendo o senhor um bom observador e tendo um apreço por questões investigativas.

Juca riu, levantando sua sobrancelha direita.

— Como também me disse que tem uma predileção pela lisonja e pelo bom humor.

O ego de Juca esvaziou um pouco, mas ele não iria se deixar abater.

— Sobre sua proposta, sinceramente não sei, minha senhora. Eu tenho muito o que fazer...

— Tem? Onde? Com quem? — As perguntas o deixaram matutando. — Uma contraproposta, então. Venha comigo. Conheça minha agência de investigação e me auxilie num caso que estou investigando neste momento. Daí, o senhor vai ver se é ou não apto para o serviço. Eu também devo ver se me darei bem consigo.

Os dois ficaram se olhando, estudando a postura e as intenções um do outro.

— E então, o que tem a me dizer? — Lançou ela, impaciente.

Juca pensou na vida que tinha levado até então, uma vida solitária e errática, que ele gostava de chamar de livre, mas que na verdade não passava de uma fuga de qualquer responsabilidade e também de si próprio. E se ele, pela primeira vez, encarasse o desafio? E se parasse de agir como o jovem impulsivo e nada afeito a qualquer compromisso? Ora, ele era quem era e nada mudaria seu sorriso petulante, seu olhar afiado e sua propensão à música, aos gracejos e às rodas de samba. Mas não custaria nada tentar, não é mesmo?

Ele se virou para a estranha mulher e lhe estendeu a mão.

— Muito bem, eu aceito. Juca Pirama, seu empregado, minha senhora.

Ela sorriu e lhe apertou a mão, mirando seus olhos e dividindo com ele sua honestidade.

— Capitolina de Machado, mas pode me chamar de Capitu.

Havia um modo como ela pronunciava seu nome que desaparecia ao pronunciar o sobrenome, possivelmente falso. Juca ficou interessado e pensou no quanto ela seria uma adorável companhia, especialmente quando os fantasmas do passado retornassem.

Que segredos essa mulher esconderia?

Sabendo-se lida, Capitu sorriu, agora recolhendo sua mão e pegando seu relógio de bolso.

— Uma carruagem nos espera ali fora, Senhor Pirama. Vamos?

— Primeiro, a senhora.

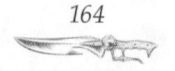

Os dois saíram para a rua, deixando que a claridade do dia iluminasse seus rostos acostumados às sombras.

— Você não é paulistana, não é mesmo? — Perguntou Juca, se ajeitando na carroceria do carro mecânico, logo depois de Capitu.

— Não, sou carioca. Mas vim mesmo da Europa, onde passei uns bons anos.

— E o que está achando de São Paulo dos Transeuntes Apressados?

— Uma loucura completa. Como vocês conseguem compreender essa cidade?

Juca sorriu e olhou para a janela, para o movimento das ruas, para o vai e vem das pessoas, para a movimentação que o fazia amar e recear a capital do estado.

— Digamos que esse não seja um lugar para se compreender, e sim para se perder.

— E como você faz para se achar depois?

— Há vários modos de se perder e de se encontrar na Terra das Tempestades, Dona Capitu.

— Me chame apenas de Capitu, senhor Pirama.

— Me chame apenas de Juca.

— Muito bem... Juca! Vejo que você será de grande ajuda em auxiliar-me a sobreviver nessa cidade. Neste momento, por exemplo, estou imersa numa investigação para lá de bizarra.

Juca agora ajustava sua postura no banco da carruagem e olhava para a bela mulher com indisfarçado interesse.

— Bizarra? Eu gosto desta palavra.

— É claro que gosta! O senhor já ouviu falar dos Crimes do Tarô?

E a carruagem se foi, chacoalhando e seguindo seu curso, enquanto Capitu explicava a Juca Pirama os enigmas que estavam tirando suas noites de sono, enigmas que sem demora os levariam a um pequeno povoado conhecido como Vila Antiga dos Astrônomos.

Enquanto a escutava, o homem cujo nome significava *marcado para morrer* sorria, prevendo que suas aventuras tinham apenas começado.

I-JUCA PIRAMA:
COMENTÁRIO & PREPARAÇÃO

O poeta maranhense Gonçalves Dias (1823-1864) é um dos primeiros e um dos mais talentosos poetas da historiografia literária brasileira". Essa frase abre 9 entre 10 livros didáticos sobre literatura brasileira. Mas deixemos a generalização de lado e justifiquemos a afirmativa. Dias viveu num período conturbado, não apenas de formação da nossa literatura como também da primeira tentativa de consolidação da identidade nacional. Para tanto, era preciso ignorar o genocídio, a violência e a barbárie perpetrados em terras brasileiras pelos colonizadores contra os nativos.

Tal verdade, que hoje enche inúmeros livros de crítica pós-colonialista, na época não resultava em bons poemas, nem em boas conversas, em especial quando se está pensando em histórias que possam comunicar um ideal de heroísmo, bravura e honra. Assim, de saída, temos Dias e tantos outros de seus contemporâneos diante de uma problemática agenda: como não se pode criar a identidade de uma nação com a imagem de um colonizador europeu violento e explorador — muito menos torná-lo um herói, o que atacaria qualquer bom senso —, a alternativa seria criar um nativo que nunca existiu. Ou melhor, para recorrermos à máxima aristotélica em voga por milênios, a solução seria criar um indígena que *poderia* ter existido.

No caso de *O Guarani* (1857), de José de Alencar, esse problema foi resolvido de outra forma, em um exercício ficcional que beira a idealização crônica. No caso de Dias e do seu *I-Juca Pirama* (1851), essa dura tarefa foi cumprida com ímpeto idealista, ritmo poético e força dramática. Até hoje, discute-se nesse poema em voz alta, com professores em vários cantos do país lendo-o e interpretando-o vigorosamente. Independente de nossa idade ou *background*, é muito difícil ficar indiferente ao seu enredo e à sua musicalidade. Mesmo alunos desinteressados ficam surpresos com seu enredo trágico e sua sonoridade marcante, naquilo que Antonio Candido chamou de "admirável malabarismo de ritmos" (1959, p. 56).

Dias também é conhecido por sua "Canção do Exílio" (1843), poema que rendeu uma das imagens mais singelas do Brasil e também a base para inúmeras homenagens, releituras e paródias. O poema foi escrito em terras lusitanas, mais especificamente em Coimbra, onde se tornou bacharel em Direito e onde respirou o ar dos românticos portugueses, estando na companhia de nomes como Almeida Garrett e Alexandre Herculano. De volta ao Brasil, o poeta estabeleceu-se, entre 1847 e 1851, no Rio de Janeiro, onde atuou como jornalista e editor, fundando com Joaquim Manuel de Macedo a revista romântica *Guanabara*.

De volta ao Maranhão, pediu a mão de Ana Amélia Ferreira Vale em casamento, que as biografias detalham como sua grande paixão. O noivado foi frustrado pela família da moça, uma vez que a origem mestiça de Dias constituía severo agravo social. Essa dimensão afetiva e romântica do poeta, bem como sua amizade com o jurista e também escritor Alexandre Teófilo de Carvalho Leal, a quem ele dedicou suas *Últimas Canções*, serviriam de inspiração para Ana Miranda escrever o belo romance *Dias & Dias* (A Página, 2002).

Ainda na década de 1850, Dias interessou-se por questões relacionadas à educação, uma vez que um de seus projetos visava a uma reforma educacional em nosso país. De volta ao Brasil, depois de um período de quatro anos na Europa, Dias foi convidado a integrar a Comissão Científica de Exploração organizada pelo Instituto Histórico e Geográfico Brasileiro, comitiva que o fez percorrer o estado do Ceará ao lado de outros acadêmicos e estudiosos, entre os anos 1859 e 1861, para realizar pesquisas que envolviam botânica, geologia, astronomia e etnografia, entre outras disciplinas.

Em 1862, voltou à Europa para tratamento médico, retornando ao Brasil em 1864, no navio *Ville de Boulogne*, aquele que viria a ser seu túmulo marítimo. Naufragado na costa brasileira, bem perto do Maranhão, o escritor foi deixado sozinho e agonizante pelos demais passageiros. É uma ironia trágica que o poeta que cantou a distância da pátria em vida tenha encontrado na morte igual exílio, não vindo a retornar à terra que tanto defendeu e cantou.

Sendo o autor de uma obra ampla — que incluía, além de poesia, textos jornalísticos, etnográficos e teatrais, além de inúmeras pesquisas que envolviam línguas indígenas e folclore nacional — ,

Dias foi nomeado, ainda no século XIX, o Poeta Nacional. Esse título é mais que apropriado, apesar de hoje, pós-machadianos que somos, os pendores românticos carregarem consigo algo de datado e ultrapassado, tão pouco afeitos que somos a qualquer noção de patriotismo ou nacionalismo. Talvez esteja neste aspecto a importância de um poema como *I - Juca Pirama*.

Nele, encontramos o poeta determinado a criar uma versão poética dos indígenas que habitavam as terras brasileiras, numa versão que, mesmo idealizada, olha os nativos de nossa pátria sem transformá-los em ignorantes bárbaros ou domesticados selvagens. Ao recusar o lugar comum do "bom selvagem" ou do "bárbaro malvado", o que Gonçalves executa em seu poema é algo da esfera do universal, como bem articulou Dina Maria Fragoso: "Nesta perspectiva, o índio deixa de ser objeto exótico de curiosidade alheia para inserir-se na problemática universal da condição do homem, o que torna a existência essencialmente trágica" (1999, p. 11).

O poema abre com a cena em meio à taba da tribo timbira, em que um guerreiro tupi recém-capturado está prestes a ser sacrificado em um ritual antropofágico. Neste aspecto, Dias reforça o teor sagrado do consumo da carne inimiga, fugindo da generalização depreciativa e condenatória de práticas canibais entre os nativos a partir de uma perspectiva eurocêntrica e cristã, que vê no estrangeiro apenas traços de selvageria e barbárie. É esse guerreiro, prestes a ser sacrificado, que dá nome ao poema e o marca como "aquele que deve morrer".

No segundo canto, o ritual começa, com a métrica hendecassilábica dando lugar a uma estrutura que opõe decassílabos a tetrassílabos, numa variação que é recorrente no decorrer de suas estrofes e que dá dinamismo rítmico e variedade tonal à narrativa do poema. No terceiro canto, composto em decassílabo irregular, um diálogo começa, sendo o guerreiro questionado sobre as razões que o levaram a prantear diante da morte. No quarto canto, talvez o mais conhecido, escrito em redondilha menor de cinco sílabas, vemos Juca Pirama falar do pai cego e velho, perdido na mata em vista da sua captura. Diante disso, pede que seja libertado, mas garante que voltará para cumprir o ritual e dar mostras de sua coragem.

O quinto e o sexto cantos, variando entre decassílabos e versos livres, mostra a resposta do chefe timbira, que o liberta e o repudia por sua covardia. Juca Pirama então reencontra o pai nas selvas e este, pelo cheiro da tinta que marca o corpo do filho, pelo cabelo raspado e pela série de perguntas sem resposta que lhe faz, pressente o ocorrido. Ele ordena que voltem à tribo inimiga para concretizar o sacrifício e recuperar sua honra.

No canto VII, feito em redondilha maior de sete sílabas, pai e filho retornam aos timbiras e o velho tupi suplica que nova oportunidade de provar seu valor seja dada ao seu rebento. O canto VIII, composto em eneassílabos, mostra a reação do pai tupi ao ter seu pedido recusado, amaldiçoando o filho e o chamando de covarde. Determinado a recuperar sua honra, no penúltimo canto do poema, este composto em verso decassílabo, Juca Pirama se entrega à luta contra seus inimigos, morrendo heroicamente, para a alegria de seu pai.

O poema encerra deixando clara a sua moldura ficcional: é um velho timbira, à beira da fogueira, que conta à tribo a lenda do jovem e bravo tupi. A carne e os ossos do guerreiro podem se perder, na terra ou nos rios, mas não sua memória, cuja lembrança continua sendo contada, geração após geração. Neste canto, retorna a métrica variada do canto II, entre decassílabos a tetrassílabos.

Estilisticamente, Juca Pirama é um dos poemas mais marcantes da lírica nacional. Nele, pode-se notar, além de suas ressonâncias épicas e bélicas, a cadência dos tambores indígenas que convida à leitura e resulta na inevitável percepção de seu ritmo. Trata-se de um excelente poema para se explicar a base sonora da poesia e tudo aquilo que ela pode comunicar, para além de seu sentido narrativo ou discursivo. Enquanto efeito sinestésico, "Juca Pirama" continua sendo uma das obras mais impressionantes da literatura mundial.

Como Simões e Pereira afirmam, a "linguagem poética de Gonçalves Dias não se limita a uma questão de palavras. Deve-se atentar para a métrica, a rima, o ritmo, a imagística, a linguagem, a técnica expressional e a temática. Suas construções apresentam uma sintaxe ideológica, lírica. Também fez uso de versos brancos. Produziu certas passagens sem rimas, a fim de melhor exprimir as sensações do eu-lírico, em contraste com as rimas abundantes em outras passagens de seus poemas. A rima aparece no galanteio, nas canções, no 'canto de morte' de 'I-Juca-Pirama' e nos poemas líricos; mas não está presente quando se quer expressar a fúria sonora, a graça idílica" (2005, p. 23).

Ainda no registro do seu estilo, a variedade métrica ajuda a construir diferentes vozes, cada uma singular e individual: o herói que deve morrer, o líder timbira, o narrador à beira do fogo e o desalentado pai tupi. Dias fez isso "renovando o léxico da língua", tanto de matriz lusitana quanto brasileira, dando especial atenção a palavras de origem tupi e guarani (MELO, 1992).

Quanto ao enredo, o poeta amplia os limites do que podemos encontrar na temática indianista, tanto antes quando depois dele. Candido o chama de "obra-prima da poesia indianista" do Brasil (1997) justamente por este poema alocar uma visão épica e heroica de mundo — de ecos medievais e cristãos — no improvável contexto indianista nacional. O crítico conclui isso ao analisar seu "heroico deslumbramento", os traços que tornam o percurso épico de Pirama inegavelmente grandioso e atraente, mesmo entre gerações muito distantes desse imaginário, como é o nosso caso.

Em outra chave de leitura, a dimensão trágica do poema de Dias precisa ainda ser explorada, uma vez que é ela que dá à narrativa boa parte de seu peso e qualidade tonal. Assim como os heróis típicos da tragédia, Pirama está emparedado entre a vida e a morte e também entre duas instâncias antitéticas: a honra guerreira de um lado e o zelo familiar de outro. Qual delas seria a mais importante? Ou, ainda, a mais valiosa a partir da lógica guerreira que permeia o poema? Incapaz de responder a essa pergunta, o herói colapsa diante de seus inimigos e do pai. É apenas no enfrentamento da morte que há respostas e conciliações para a vida, num percurso não diferente de muitos dos heróis de Sófocles e Shakespeare, por exemplo.

A maldição da figura paterna no canto VIII ecoa a maldição de Caim e também as maldições da tragédia grega, em especial a maldição que Édipo joga contra si mesmo na peça ateniense. Por outro lado, o reconhecimento do pai ao sacrifício e ao valor do filho no final do poema ecoa o reconhecimento do deus cristão ao filho divino encarnado para executar também um sacrifício em prol de um bem maior. Ora, literatura é intertextualidade e ao fazer seu poema dialogar com tantas tradições e temas, alguns mais óbvios, outros nem tanto, Dias se inscreve entre os maiores autores da nossa língua. É uma dádiva termos esse poema dentro da nossa tradição literária, por vezes tão pouco valorizada ou então limitada ao escopo de sua relação com sua gênese europeia.

Na versão que segue, publicada aqui em sua totalidade, procurei adequar minimamente o vocabulário mais antigo usado por Dias, sem ignorar em tal adequação o ritmo e a métrica do original. Para este trabalho, foi de ajuda o glossário de Simões e Pereira (2005) para o poema. A leitura da obra de Dias marcou também a escrita do presente romance, com cada capítulo emulando, mesmo que de uma forma paródica, o estilo de Dias. Espero que a experiência de leitura desses dois Juca Pirama, o romance e o poema, possam reintroduzir essa obra tão importante da nossa tradição ao contexto de sala de aula. Não devido às listas obrigatórias ou às indicações dos manuais — dois critérios desastrosos à formação de jovens leitores — e sim pela força da poesia, pela beleza da história e pelo poder de sua narrativa.

Enéias Tavares
Coimbra, 14 de junho de 2017

Referências Bibliográficas

CANDIDO, Antonio. *Formação da Literatura Brasileira*. Rio de Janeiro: Itatiaia, 1997. vol. 2.

CHAVES DE MELO, Gladstone. *A excelência vernácula de Gonçalves Dias*. Niterói: EDUFF, 1992.

FRAGOSO, Dina Maria. Cultura e Teatralidade em I-Juca Pirama. *Revista de Letras*, n° 21, , p. 10-16, jan./dez. de 1999.

MIRANDA, Ana. *Dias & Dias*. São Paulo: A Página, 2002.

SIMÕES, Darcília; PEREIRA, Juliana Theodoro. *Novos Estudos Estilísticos de I-Juca Pirama*. Rio de Janeiro: Dialogarts, 2005.

I-JUCA PIRAMA
DE GONÇALVES DIAS

I

No meio das tabas de amenos verdores,
Cercadas de troncos — cobertos de flores,
Alteiam-se os tetos d'altiva nação;
São muitos seus filhos, nos ânimos fortes,
Temíveis na guerra, que em densas cortes
Assombram das matas a imensa extensão.

São rudes, severos, sedentos de glória,
Já prélios incitam, já cantam vitória,
Já meigos atendem à voz do cantor:
São todos Timbiras, guerreiros valentes!
Seu nome lá voa na boca das gentes,
Condão de prodígios, de glória e terror!

As tribos vizinhas, sem forças, sem brio,
As armas quebrando, lançando-as ao rio,
O incenso aspiraram dos seus maracás:
Medrosos das guerras que os fortes acendem,
Custosos tributos ignavos lá rendem,
Aos duros guerreiros sujeitos na paz.

No centro da taba se estende um terreiro,
Onde ora se aduna o concílio guerreiro
Da tribo senhora, das tribos servis:

Os velhos sentados praticam d'outrora,
E os moços inquietos, que a festa enamora,
Derramam-se em torno dum índio infeliz.

Quem é? — ninguém sabe: seu nome é ignoto,
Sua tribo não diz: — de um povo remoto
Descende por certo — dum povo gentil;
Assim lá na Grécia ao escravo insulano
Tornavam distinto do vil muçulmano
As linhas corretas do nobre perfil.

Por casos de guerra caiu prisioneiro
Nas mãos dos Timbiras: — no extenso terreiro
Assola-se o teto, que o teve em prisão;
Convidam-se as tribos dos seus arredores,
Cuidosos se incubem do vaso das cores,
Dos vários aprestos da honrosa função.

Acerva-se a lenha da vasta fogueira
Entesa-se a corda da embira ligeira,
Adorna-se a maça com penas gentis:
A custo, entre as vagas do povo da aldeia
Caminha o Timbira, que a turba rodeia,
Garboso nas plumas de vário matiz.

Em tanto as mulheres com leda trigança,
Afeitas ao rito da bárbara usança,
índio já querem cativo acabar:
A coma lhe cortam, os membros lhe tingem,
Brilhante enduape no corpo lhe cingem,
Sombreia-lhe a fronte gentil canitar.

II

Em fundos vasos d'alvacenta argila
Ferve o cauim;
Enchem-se as copas, o prazer começa,
Reina o festim.

O prisioneiro, cuja morte anseiam,
Sentado está,
O prisioneiro, que outro sol no ocaso
Jamais verá!

A dura corda, que lhe enlaça o colo,
Mostra-lhe o fim
Da vida escura, que será mais breve
Do que o festim!

Contudo os olhos d'ignóbil pranto
Secos estão;
Mudos os lábios não descerram queixas
Do coração.

Mas um martírio, que encobrir não pode,
Em rugas faz
A mentirosa placidez do rosto
Na fronte audaz!

Que tens, guerreiro? Que temor te assalta
No passo horrendo?
Honra das tabas que nascer te viram,
Folga morrendo.

Folga morrendo; porque além dos Andes
Revive o forte,
Que soube ufano contrastar os medos
Da fria morte.

Rasteira grama, exposta ao sol, à chuva,
Lá murcha e pende:
Somente ao tronco, que devassa os ares,
O raio ofende!

Que foi? Tupã mandou que ele caísse,
Como viveu;
E o caçador que o avistou prostrado
Esmoreceu!

Que temes, ó guerreiro? Além dos Andes
Revive o forte,
Que soube ufano contrastar os medos
Da fria morte.

III

Em larga roda de novéis guerreiros
Ledo caminha o festival Timbira,
A quem do sacrifício cabe as honras,
Na fronte o canitar sacode em ondas,
O enduape na cinta se embalança,
Na destra mão sopesa a iverapeme,
Orgulhoso e pujante. — Ao menor passo
Colar d'alvo marfim, insígnia d'honra,
Que lhe orna o colo e o peito, ruge e freme,
Como que por feitiço não sabido
Encantadas ali as almas grandes
Dos vencidos Tapuias, inda chorem
Serem glória e brasão d'imigos feros.

"Eis-me aqui", diz ao índio prisioneiro;
"Pois que fraco, e sem tribo, e sem família,
"As nossas matas devassaste ousado,
"Morrerás morte vil da mão de um forte."

Vem a terreiro o mísero contrário;
Do colo à cinta a muçurana desce:
"Dize-nos quem és, teus feitos canta,
"Ou se mais te apraz, defende-te." Começa
O índio, que ao redor derrama os olhos,
Com triste voz que os ânimos comove.

IV

Meu canto de morte,
Guerreiros, ouvi:
Sou filho das selvas,
Nas selvas cresci;
Guerreiros, descendo
Da tribo tupi.

Da tribo pujante,
Que agora anda errante
Por fado inconstante,
Guerreiros, nasci;
Sou bravo, sou forte,
Sou filho do Norte;
Meu canto de morte,
Guerreiros, ouvi.

Já vi cruas brigas,
De tribos imigas,
E as duras fadigas
Da guerra provei;
Nas ondas mendaces
Senti pelas faces
Os silvos fugazes
Dos ventos que amei.

Andei longes terras
Lidei cruas guerras,
Vaguei pelas serras
Dos vis Aimorés;
Vi lutas de bravos,
Vi fortes — escravos!
De estranhos ignavos
Calcados aos pés.

E os campos talados,
E os arcos quebrados,
E os piagas coitados
Já sem maracás;
E os meigos cantores,
Servindo a senhores,
Que vinham traidores,
Com mostras de paz.

Aos golpes do imigo,
Meu último amigo,
Sem lar, sem abrigo
Caiu junto a mi!
Com plácido rosto,
Sereno e composto,
O acerbo desgosto
Comigo sofri.

Meu pai a meu lado
Já cego e quebrado,
De penas ralado,
Firmava-se em mi:
Nós ambos, mesquinhos,
Por ínvios caminhos,
Cobertos d'espinhos
Chegamos aqui!

O velho no entanto
Sofrendo já tanto
De fome e quebranto,
Só qu'ria morrer!
Não mais me contenho,
Nas matas me embrenho,
Das frechas que tenho
Me quero valer.

Então, forasteiro,
Caí prisioneiro
De um troço guerreiro
Com que me encontrei:
O cru dessossego
Do pai fraco e cego,
Enquanto não chego
Qual seja, — dizei!

Eu era o seu guia
Na noite sombria,
A só alegria
Que Deus lhe deixou:
Em mim se apoiava,
Em mim se firmava,
Em mim descansava,
Que filho lhe sou.

Ao velho coitado
De penas ralado,
Já cego e quebrado,
Que resta? — Morrer.
Enquanto descreve
O giro tão breve
Da vida que teve,
Deixai-me viver!

Não vil, não ignavo,
Mas forte, mas bravo,
Serei vosso escravo:
Aqui virei ter.
Guerreiros, não coro
Do pranto que choro:
Se a vida deploro,
Também sei morrer.

V

Soltai-o! — diz o chefe. Pasma a turba;
Os guerreiros murmuram: mal ouviram,
Nem pode nunca um chefe dar tal ordem!
Brada segunda vez com voz mais alta,
Afrouxam-se as prisões, a embira cede,
A custo, sim; mas cede: o estranho é salvo.

Timbira, diz o índio enternecido,
Solto apenas dos nós que o seguravam:
És um guerreiro ilustre, um grande chefe,
Tu que assim do meu mal te comoveste,
Nem sofres que, transposta a natureza,
Com olhos onde a luz já não cintila,
Chore a morte do filho o pai cansado,
Que somente por seu na voz conhece.
  — És livre; parte.
  — E voltarei.
  — Debalde.
  — Sim, voltarei, morto meu pai.
  — Não voltes!
É bem feliz, se existe, em que não veja,
Que filho tem, qual chora: és livre; parte!
  — Acaso tu supões que me acobardo,
  Que receio morrer!
  — És livre; parte!
  — Ora não partirei; quero provar-te
Que um filho dos Tupis vive com honra,
E com honra maior, se acaso o vencem,
Da morte o passo glorioso afronta.

— Mentiste, que um Tupi não chora nunca,
E tu choraste!... parte; não queremos
Com carne vil enfraquecer os fortes.

Sobresteve o Tupi: — arfando em ondas
O rebater do coração se ouvia
Precipite. — Do rosto afogueado
Gélidas bagas de suor corriam:
Talvez que o assaltava um pensamento...
Já não... que na enlutada fantasia,
Um pesar, um martírio ao mesmo tempo,
Do velho pai a moribunda imagem
Quase bradar-lhe ouvia: — Ingrato! Ingrato!
Curvado o colo, taciturno e frio.
Espectro d'homem, penetrou no bosque!

VI

— Filho meu, onde estás?
— Ao vosso lado;
Aqui vos trago provisões; tomai-as,
As vossas forças restaurai perdidas,
E a caminho, e já!
— Tardaste muito!
Não era nato o sol, quando partiste,
E frouxo o seu calor já sinto agora!
— Sim demorei-me a divagar sem rumo,
Perdi-me nestas matas intrincadas,
Reaviei-me e tornei; mas urge o tempo;
Convém partir, e já!

— Que novos males
Nos resta de sofrer? — que novas dores,
Que outro fado pior Tupã nos guarda?
— As setas da aflição já se esgotaram,
Nem para novo golpe espaço intacto
Em nossos corpos resta.
— Mas tu tremes!
—Talvez do afã da caça....
— Oh filho caro!
Um quê misterioso aqui me fala,
Aqui no coração; piedosa fraude
Será por certo, que não mentes nunca!
Não conheces temor, e agora temes?
Vejo e sei: é Tupã que nos aflige,
E contra o seu querer não valem brios.
Partamos!...
E com mão trêmula, incerta
Procura o filho, tateando as trevas
Da sua noite lúgubre e medonha.
Sentindo o acre odor das frescas tintas,
Uma ideia fatal ocorreu-lhe à mente...
Do filho os membros gélidos apalpa,
E a dolorosa maciez das plumas
Conhece estremecendo: — foge, volta,
Encontra sob as mãos o duro crânio,
Despido então do natural ornato!...
Recua aflito e pávido, cobrindo
Às mãos ambas os olhos fulminados,
Como que teme ainda o triste velho
De ver, não mais cruel, porém mais clara,
Daquele exício grande a imagem viva
Ante os olhos do corpo afigurada.

Não era que a verdade conhecesse
Inteira e tão cruel qual tinha sido;
Mas que funesto azar correra o filho,
Ele o via; ele o tinha ali presente;
E era de repetir-se a cada instante.
A dor passada, a previsão futura
E o presente tão negro, ali os tinha;
Ali no coração se concentrava,
Era num ponto só, mas era a morte!

— Tu prisioneiro, tu?
— Vós o dissestes.
— Dos índios?
— Sim.
— De que nação?
— Timbiras.
— E a muçurana funeral rompeste,
Dos falsos manitôs quebrastes maça...
— Nada fiz... aqui estou.
— Nada! -
Emudecem;
Curto instante depois prossegue o velho:
— Tu és valente, bem o sei; confessa,
Fizeste-o, certo, ou já não eras vivo!
— Nada fiz; mas souberam da existência
De um pobre velho, que em mim só vivia....
— E depois?...
— Eis-me aqui.
— Fica essa taba?
— Na direção do sol, quando transmonta.
— Longe?
— Não muito.

—Tens razão: partamos.
— E quereis ir?...
— Na direção do acaso.

VII

"Por amor de um triste velho,
Que ao termo fatal já chega,
Vós, guerreiros, concedestes
A vida a um prisioneiro.
Ação tão nobre vos honra,
Nem tão alta cortesia
Vi eu jamais praticada
Entre os Tupis, — e mas foram
Senhores em gentileza.

"Eu porém nunca vencido,
Nem nos combates por armas,
Nem por nobreza nos atos;
Aqui venho, e o filho trago.
Vós o dizeis prisioneiro,
Seja assim como dizeis;
Mandai vir a lenha, o fogo,
A maça do sacrifício
E a muçurana ligeira:
Em tudo o rito se cumpra!
E quando eu for só na terra,
Certo acharei entre os vossos,
Que tão gentis se revelam,
Alguém que meus passos guie;

Alguém, que vendo o meu peito
Coberto de cicatrizes,
Tomando a vez de meu filho,
De haver-me por se ufane!"
Mas o chefe dos Timbiras,
Os sobrolhos encrespando,
Ao velho Tupi guerreiro
Responde com torvo acento:

— Nada farei do que dizes:
É teu filho imbele e fraco!
Aviltaria o triunfo
Da mais guerreira das tribos
Derramar seu ignóbil sangue:
Ele chorou de cobarde;
Nós outros, fortes Timbiras,
Só de heróis fazemos pasto.

Do velho Tupi guerreiro
A surda voz na garganta
Faz ouvir uns sons confusos,
Como os rugidos de um tigre,
Que pouco a pouco se assanha!

VIII

"Tu choraste em presença da morte?
Na presença de estranhos choraste?
Não descende o cobarde do forte;
Pois choraste, meu filho não és!
Possas tu, descendente maldito
De uma tribo de nobres guerreiros,

Implorando cruéis forasteiros,
Seres presa de vis Aimorés.

"Possas tu, isolado na terra,
Sem arrimo e sem pátria vagando,
Rejeitado da morte na guerra,
Rejeitado dos homens na paz,
Ser das gentes o espectro execrado;
Não encontres amor nas mulheres,
Teus amigos, se amigos tiveres,
Tenham alma inconstante e falaz!

"Não encontres doçura no dia,
Nem as cores da aurora te ameiguem,
E entre as larvas da noite sombria
Nunca possas descanso gozar:
Não encontres um tronco, uma pedra,
Posta ao sol, posta às chuvas e aos ventos,
Padecendo os maiores tormentos,
Onde possas a fronte pousar.

"Que a teus passos a relva se torre;
Murchem prados, a flor desfaleça,
E o regato que límpido corre,
Mais te acenda o vesano furor;
Suas águas depressa se tornem,
Ao contacto dos lábios sedentos,
Lago impuro de vermes nojentos,
Donde fujas com asco e terror!

"Sempre o céu, como um teto incendido,
Creste e punja teus membros malditos
E oceano de pó denegrido
Seja a terra ao ignavo tupi!

Miserável, faminto, sedento,
Manitôs não lhe falem nos sonhos,
E do horror os espectros medonhos
Traga sempre o cobarde após si.

"Um amigo não tenhas piedoso
Que o teu corpo na terra embalsame,
Pondo em vaso d'argila cuidoso
Arco e frecha e tacape a teus pés!
Sê maldito, e sozinho na terra;
Pois que a tanta vileza chegaste,
Que em presença da morte choraste,
Tu, cobarde, meu filho não és."

IX

Isto dizendo, o miserando velho
A quem Tupã tamanha dor, tal fado
Já nos confins da vida reservada,
Vai com trêmulo pé, com as mãos já frias
Da sua noite escura as densas trevas
Palpando. — Alarma! alarma! — O velho para!
O grito que escutou é voz do filho,
Voz de guerra que ouviu já tantas vezes
Noutra quadra melhor. — Alarma! alarma!
— Esse momento só vale a pagar-lhe
Os tão compridos transes, as angústias,
Que o frio coração lhe atormentaram
De guerreiro e de pai: — vale, e de sobra.
Ele que em tanta dor se contivera,
Tomado pelo súbito contraste,

Desfaz-se agora em pranto copioso,
Que o exaurido coração remoça.

A taba se alborota, os golpes descem,
Gritos, imprecações profundas soam,
Emaranhada a multidão braveja,
Revolve-se, enovela-se confusa,
E mais revolta em mor furor se acende.
E os sons dos golpes que incessantes fervem,
Vozes, gemidos, estertor de morte
Vão longe pelas ermas serranias
Da humana tempestade propagando
Quantas vagas de povo enfurecido
Contra um rochedo vivo se quebravam.

Era ele, o Tupi; nem fora justo
Que a fama dos Tupis — o nome, a glória,
Aturado labor de tantos anos,
Derradeiro brasão da raça extinta,
De um jato e por um só se aniquilasse.

— Basta! Clama o chefe dos Timbiras,
— Basta, guerreiro ilustre! Assaz lutaste,
E para o sacrifício é mister forças.

O guerreiro parou, caiu nos braços
Do velho pai, que o cinge contra o peito,
Com lágrimas de júbilo bradando:
"Este, sim, que é meu filho muito amado!

"E pois que o acho enfim, qual sempre o tive,
"Corram livres as lágrimas que choro,
"Estas lágrimas, sim, que não desonram."

X

Um velho Timbira, coberto de glória,
Guardou a memória
Do moço guerreiro, do velho Tupi!
E à noite, nas tabas, se alguém duvidava
Do que ele contava,
Dizia prudente: —"Meninos, eu vi!

"Eu vi o brioso no largo terreiro
Cantar prisioneiro
Seu canto de morte, que nunca esqueci:
Valente, como era, chorou sem ter pejo;
Parece que o vejo,
Que o tenho nest'hora diante de mi.

"Eu disse comigo: Que infâmia d'escravo!
Pois não, era um bravo;
Valente e brioso, como ele, não vi!
E à fé que vos digo: parece-me encanto
Que quem chorou tanto,
Tivesse a coragem que tinha o Tupi!"

Assim o Timbira, coberto de glória,
Guardava a memória
Do moço guerreiro, do velho Tupi.
E à noite nas tabas, se alguém duvidava
Do que ele contava,
Tornava prudente: "Meninos, eu vi!".

BIOGRAFIAS

Felipe Reis é diretor desde 2005, tendo se formado em Rádio e Televisão pela Universidade Anhembi Morumbi em 2007. Em 2002, se formou ator pela Escola de Teatro e Televisão Incenna e, em 2016, fez Direção de Fotografia na AIC (Academia Internacional de Cinema). Já dirigiu mais de 30 curtas-metragens, criou cinco webséries, incluindo a primeira do Brasil, chamada "Conversas de Elevador", em 2007. Seu canal no YouTube, "Serotonina", já teve mais de 7 milhões de acessos. Foi Laureado em dois Festivais, o Rio WebFest (2016), com indicação a Melhor Roteiro de Humor, Melhor Edição, Melhor Figurino e Melhor Ideia Original, sendo também semifinalista do Los Angeles Cine Fest (2016), concorrendo a Melhor Websérie. Como ator, participou de filmes, séries e novelas, incluindo a novela "Chiquititas" e o programa da TV Cultura "Nossa Língua". É dele a produção e a direção de "A Todo Vapor!", bem como a responsabilidade de dar vida ao seu protagonista: um certo Juca Pirama!

Enéias Tavares é professor de Literatura Clássica na Universidade Federal de Santa Maria, onde orienta trabalhos de pós-graduação sobre os livros iluminados de William Blake e literatura fantástica. Em 2014, foi o vencedor do concurso Fantasy!, da editora LeYa, entre mais de 1.400 participantes. Pela LeYa Brasil, publicou *A Lição de Anatomia do Temível Dr. Louison* (2014), primeiro volume de Brasiliana Steampunk e finalista do Prêmio Argos em 2015. Pela editora Avec, publicou *Guanabara Real — A Alcova da Morte* (2017), em parceria com Nikelen Witter e AZ Cordenonsi, romance finalista do Prêmio Argos de 2018 e vencedor do Prêmio Le Blanc de Melhor Romance Fantástico no mesmo ano. Junto de Bruno Anselmi Matangrano, é o responsável pela exposição "Fantástico Brasileiro: O Insólito Literário do Romantismo à Contemporaneidade", exposição itinerante que compreende uma história da literatura fantástica brasileira desde o século XIX até o presente e que virou livro, em 2018, pela editora Arte e Letra. O universo *Brasiliana Steampunk* já ganhou card game, audiolivro, suplemento escolar e estão em produção uma história em quadrinhos e a websérie que deu origem a este romance. Em 2019, publicou com Fred Rubim, sua primeira graphic novel, O *Matrimônio de Céu & Inferno*, pela Avec Editora. No viés acadêmico, Tavares pesquisa literatura e artes do século XIX e storytelling transmídia na contemporaneidade, além de ministrar workshops sobre escrita e gerenciamento de projetos culturais. É dele a produção e o roteiro de "A Todo Vapor!", bem como a responsabilidade de fazer essa loucura toda fazer o mínimo de sentido! Mais de sua produção em www.eneiastavares.com.br.

Para acompanhar as novidades da JAMBÔ e acessar conteúdos gratuitos de RPG, quadrinhos e literatura, visite nosso site e siga nossas redes sociais.

🏰 www.jamboeditora.com.br

📘 facebook.com/jamboeditora

🐦 twitter.com/jamboeditora

▶️ youtube.com/jamboeditora

Para ainda mais conteúdo, incluindo colunas, resenhas, quadrinhos, contos, podcasts e material de jogo, faça parte da *Dragão Brasil*, a maior revista de cultura nerd do país.

🐉 www.apoia.se/dragaobrasil

JAMBÔ
Livros divertidos

Rua Coronel Genuíno, 209 • Centro Histórico
Porto Alegre, RS • 90010-350
(51) 3391-0289 • contato@jamboeditora.com.br